Danse corone

Eine satirische Novelle

Kathy Kahner

Bibliografische Information
der Deutschen Nationalbibliothek:
Die Deutsche Nationalbibliothek verzeichnet diese
Publikation in der Deutschen Nationalbibliografie;
Detaillierte bibliografische Daten sind im Internet
über http://dnb.dnb.de abrufbar.

2. überarbeitete Auflage

Illustrationen: M.O.W. Richter

Lektorat: Manuela Marwich, Sabine Lillmanntöns

Buchsatz: Lars Hannig

Herstellung und Verlag:
BoD - Books on Demand. Norderstedt

Printed in Germany
ISBN: 9783753454337

FÜR MEINE SIGNIFIKANTEN ANDEREN

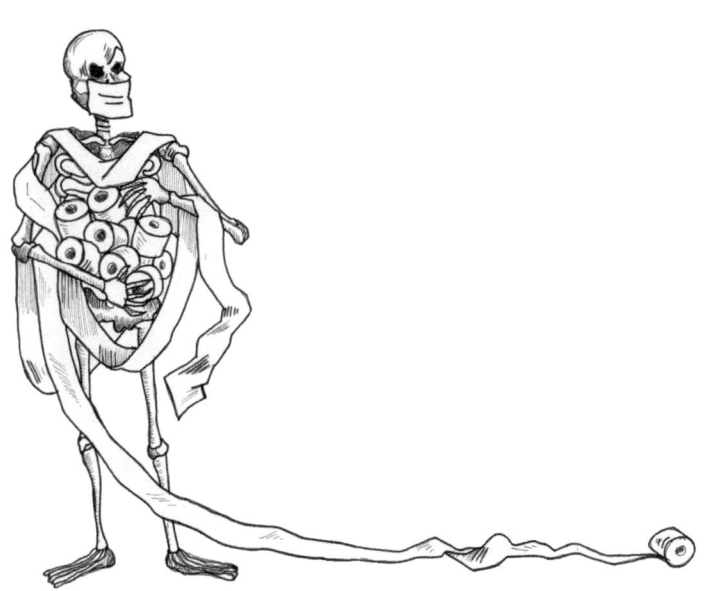

Kathy „Kät" Kahner wuchs als Freilandkind mit zwei älteren Brüdern im sauerländischen Arnsberg auf. Dort kritzelte sie schon im Kindergarten wie eine vom Zeichendämon Besessene. Aufgrund unversuchter Exorzismen wurde besagter Dämon ansässig und lud sich seinen Bro, den Schreibdämon, ein, welcher sich trotz gastunfreundlicher Legasthenie wohlfühlend in Klein-Kathy einnistete.

Nach dem Abitur ging Kitte-Kathy schließlich in die große weite Welt, um das Sozialwissenschaften zu lernen. Dafür emigrierte sie nach Bochum, wo sie aus Liebe zum Ruhrpott bis heute geblieben ist.

Neben dem ordinären Leben als Autorin führt eL Kathy das schillernde Leben einer Wissenschaftlerin.

Seit ihren Teenagertagen ist Kät auf der dunklen Seite der Macht und weist als Gotin auch Metalhead-Tendenzen auf. Trotzdem erleidet sie gelegentlich Anfälle von Nerdyness und Wissenschaft.

Aber mach dir selbst ein Bild:
Kahnerium: kahnerium.blogspot.com
Insta-Kaet: @Insta_Kaet
Gesichtsbuch: @KathyKahner
Käts Gezwitscher: @KathyKahner
Getoote: mastodon.social/@KathyKahner

Tracklist

Intro

Es war einer dieser Freitagabende, an denen sich Nario entschloss, die Duscheinheit seines Arbeitsplatzes mehrfach zu nutzen. Eigentlich bevorzugte er die heimische Brause, doch nachdem er heute eine Wasserleiche obduziert hatte, welche mehr als drei Wochen in einem umgekippten Tümpel in der Nähe des Kemnader Sees verweilt hatte und ein Odeur ausbreitete, das intensiver als 666 sich tot stellende Opossums war, die sich zuvor in Limburger Käse und Eierfurzfrikadellen gewälzt hatten, beschloss der 42-jährige Gerichtsmediziner weder seinem Vehikel noch seiner besseren Hälfte diesen abartigen Gestank zu zumuten.

Normalerweise haftete das Aroma von in Wasser eingelegten Leibern nicht so intensiv an ihm, aber da sein Kollegium wegen der Pandemie ihr Dasein in Quarantäne verbringen musste, fehlte ihm die helfende Hand bei seinen Aufgaben. Eigentlich sollten bei einer gerichtlich angeordneten Autopsie immer zwei Mediziner oder Medizinerinnen zugegen sein. Aber nachdem einer seiner Kollegen noch zu Jahresbeginn unbedingt seinen Urlaub in einem später als Corona-Hotspot bekannten österreichischen Skiorts verbracht hatte, sollte dieses Vorgehen temporär ausgesetzt werden. Während Nario wegen einer ordinären Magen-Darm-Grippe seine Zeit mit der Anbetung des Porzellangottes verbrachte, steckte besagter Kollege die ganze Belegschaft an. Und nun war Nario alleine im Sektionssaal und die fehlende Hilfe sollte sich gerade jetzt besonders fatal auswirken.

Denn plötzlich – Nario wusste nicht, wie es geschehen konnte – plumpste der faulige Kadaver auf ihn drauf, just in dem Moment, als er etwas vom Boden aufheben wollte. Er hätte schwören können, dass irgendwas an der Bahre manipuliert worden sein musste, schließlich hält die Schwerkraft einen Leichnam eigentlich an Ort und Stelle, aber irgendwie war das wie so vieles im Moment anders.

In dem Augenblick, wo der übel riechende Zellhaufen auf ihn drauf fiel, hatte er beileibe andere Sorgen als die unerwartet unzuverlässig gewordene Gravitation. Obwohl er sofort die Überreste von sich warf, sickerten sämtliche Sekrete, die so eine vermoderte Wasserleiche zu bieten hatte, direkt über die wenigen Stellen seines Körpers, die nicht von der Arbeitskleidung geschützt waren, und fanden rasch ihre Möglichkeiten, auch unter die Arbeitskleidung zu gelangen.

Also musste Nario sich direkt zu Beginn der Obduktion duschen und in seine Reservegewandungen kleiden. Trotzdem hatte er nach getaner Arbeit immer noch das Gefühl, dass sich der Geruch des Todes in seine Poren vergraben hatte. Und nur eine halbstündige Dusche, die so heiß war, dass sie einem beinahe die Haut vom Fleisch pellen ließ, sowie die Verwendung von absurden Mengen von Reinigungsingredienzien, konnten seinen Ekellevel reduzieren. Am liebsten hätte er sich selbst durch ein Autoklav geschickt und sich über Nacht in Sterillium eingelegt, aber das hätte wohl auch nur bedingt sein Gefühl der Abscheu gemindert.

Nario näherte sich dem Ende seines Reinigungsexzesses, als er sich plötzlich beobachtet fühlte. Und die Gerichtsmedizin ist einer der Orte, an denen man sich am wenigsten beobachtet fühlen sollte. So steckte Nario klitschnass prüfend seinen Kopf durch den Duschvorhang und scannte die Umgebung mit einem skeptischen Blick ab. Außer dem schnörkellosen Badezimmer mit dem optischen Charme seiner Erbauungszeit der 1970er Jahre lag nichts Verdächtiges vor. Allerdings konnte er ohne seine John Lennon-Brille auch nur eine unscharfe Version der Örtlichkeiten wahrnehmen.

Dennoch reinigte er sich weiter voller Inbrunst, ja fast schon in einer verzweifelten Manie, bis er abrupt innehielt. Sein Kiefer verkrampfte sich, seine braunen Augen zu Schlitzen verzogen.

Als er sich umdrehte, entgleisten ihm seine kampfbereiten Gesichtszüge und sein Leib wechselte in die Fluchtvorbereitung, denn hinter dem Duschvorhang machte sich ein Schatten zum Angriff bereit. Trotz seiner aufkommenden Panik und verschwommenen Sehkraft riss Nario in einem hurtigen Akt des Mutes den Duschvorhang beiseite und erblickte ... nichts.

Das war der Moment, in dem er beschloss, dass er sauber genug zu sein hatte und unter der Dusche hervorkroch. Sofort setzte er seine Brille auf, trocknete dann argwöhnisch sowie hektisch seinen Körper und begann ebendiesen mit Kleidung zu verhüllen.

Gerade als er sorgsam seine Fliege richtete und wieder ein wenig zur Ruhe fand, beschlich ihn abermals ein verdächtiges Gefühl. Als Nario schließlich Musik vernahm, die eindeutig aus dem Obduktionssaal erschallte und von einer seiner Lieblingsbands war, okkupierte ein breites Grinsen sein dreitagebärtiges Gesicht.

Mit beschwingtem Schritt und Mundschutz eilte er zur musikalischen Quelle und fand seine Arbeitskollegin Ragna vor, wie sie zu den Klängen des Liedes *Mary On A Cross* von der Band Ghost tanzte und mitsang. Die Melodie des Liedes, die sich ein wenig so anhörte, als ob sie Purzelbäume schlägt oder – wie Nario es am liebsten verglich – als ob nach ein paar Herzschlägen einer aussetzte, lockte beide stets zum Tanzen.

Als Ragna ihren Bro erblickte, begab sie sich rhythmisch bewegend zu ihm und ließ trotz des Mund-Nasen-Schutzes ein freudiges Grinsen erkennen, dass von ihm erwidert wurde.

Ein wenig auf das Abstandsgebot scheißend packte Nario sie und wirbelte sie ebenfalls mitsingend um sich herum. In einer fröhlichen Einheit trällerten sie mit, ließen ihre Körper wackeln und labten sich an der Gegenwart des Anderen.

Allerdings wurde ihre traute Zweisamkeit jäh unterbrochen, als Stellan mit ernstem Gesichtsausdruck im Türrahmen des Raumes stand. Für einen Moment schweigend starrten sie den grimmigen Kriminalkommissar an, während sich im Hintergrund das Tempo des Songs verlangsamte und für einen Moment nur das Instrumental ertönte.

Just in diesen Augenblick, als langsam der Gesang wiedererklang, blitzte ein Lächeln in Stellans eisblauen Augen und er stimmte mit in das Lied ein. Keine Sekunde später nahm die Melodie wieder Geschwindigkeit auf und sie tanzten singend zu dritt so fröhlich und sorglos wie die Gerippe auf einem Totentanzabbild des späten Mittelalters.

Track 01 - Fatale Fussel

Freitag, 17. April 2020, 20:06

Nachdem Ragna kollektiv mit ihren Kumpeln noch ein wenig dem Tanz und der Metal-Musik gefrönt hatte, beschloss sie, in ihr Büro im sechsten Stock zurückzukehren und dann doch mal Feierabend zu machen. Schließlich war es wahrlich nicht nötig am letzten Tag vor dem Urlaub bis 21 Uhr zu arbeiten und eigentlich war sie mit den Gedanken ohnehin ganz woanders.

Ragna, eine 33-jährige Gotin, war seit fast eineinhalb Jahren am Institut für Kriminologie und Forensik als Kriminologin sowie Fallanalytikerin tätig. Im Zuge dessen ging sie nicht nur in der Forschung der edlen Aufgabe der Wissenschaft nach. Ebenso wie ihr Büro-kollege unterstützte sie mithilfe der operativen Fallanalyse die Polizei und arbeitete daher gelegentlich mit dem Leiter der Mordkommission Stellan Turunen und dem Gerichtsmediziner Dr. Nario Malpighi zusammen. Beim rothaarigen Stellan mit seinem prächtigen Vollbart und dem immer etwas kampf-bereiten Blick, der trotz seiner schwarzen Jeans-Rollkragenpulli-Kombination aussah wie ein Wikinger, war es keine Überraschung, dass dieser ein Metalhead war.

Allerdings war Nario seine Vorliebe für diese Musikrichtung nicht so leicht anzusehen. Er trug stets Hemd und Fliege, die in Schwarz- und Blautönen gehalten waren. Durch seine seitenscheitelige

Nerdfrisur und die runde Brille mit dem filigranen Metallgestell machte er einen biederen Eindruck. Und das, obwohl er immer einen Spruch parat hatte, der entweder von schwarzem Humor durchtränkt war oder etwas Zotiges an sich hatte, ohne anzüglich zu wirken.

Kurz nachdem Ragna die Stelle angetreten hatte, hegten sie und Nario eine klassische Bromance, denn noch am Tag, an dem sie sich kennengelernt hatten, waren sie auf einer mystisch-verbundenen Wellenlänge, die nur bei legendären Freundschaften zu finden war.

Sicherlich war dabei hilfreich, dass sie keine Elektrogotin war und ihre Musik mit Gitarre, Bass sowie Schlagzeug bevorzugte und sie durchaus dem Metal zugetan war. Nario hätte sie auch gemocht, wenn dem nicht so gewesen wäre, aber gemeinsame musikalische Präferenzen können gelegentlich als Katalysator für Freundschaften fungieren.

Stellan war zunächst zaghafter mit seiner freundschaftlichen Verbindung zu Ragna, denn der schweigsame Hüne, der an einen nordischen Krieger erinnerte, war von ernster Natur. Daher brauchte er grundsätzlich etwas länger, um mit Menschen warm zu werden, wenn er es überhaupt tat. Bei den meisten Menschen blieb das Verhältnis unterkühlter als Pluto.

Nachdem die Gothic-Braut die Gerichtsmedizin im Keller des Institutsgebäudes verlassen hatte, hatte sich ein exorbitant hartnäckiger Ohrwurm eingenistet, der nur mit der Wurmkur in Form des Dauerbeschalls behandelt werden konnte. Während Ragna also mit dem Aufzug die Strecke zum Büro zurücklegte, bestöpselte sie ihre zugepiercten Ohren und labte sich an der in Repeat eingestellten Musik.

Im Foyer angekommen, stellte sie die Musik ein µ lauter, während sie die Glastür zum Flur passierte, einfach nur, weil sie es konnte.

Sie schlenderte inbrünstig summend an den Eingängen zu den Toiletten vorbei und kramte bereits nach dem Schlüssel zum Büro in ihrer Hosentasche, ehe es überhaupt Not getan hätte. Der Flur mit seinen flackernden Neonleuchten passte mit den mattgrauen Wänden hervorragend in das Ambiente der Gerichtsmedizin im Keller. Das Maximale, was den Flur weniger steril wirken ließ, war eine Pinnwand neben Ragnas Büro, die mit Infoausschreibungen für die wenigen Studierenden, die sich hierher verirrten, bestückt war.

Am Büro angekommen, hatte sich ihr Schlüssel hartnäckig in den Fäden der Hosentasche verheddert und als Ragna daran herum rüttelte, um diesen von den Fängen der Textilen zu befreien, streifte ihr Blick über die Informationsplakette neben der Tür.

Raum 6.66
Büro Dr. G. Forge und Dr. R. Valo

Sie musste immer wieder über diese göttliche – äh – gotische Fügung schmunzeln, die ihr diese Raumnummer bescherte. Endlich hatte sie ihren Schlüssel erfolgreich aus den fädlichen Zwängen befreit, als ihr der gesamte Schlüsselbund inklusive zahlreichem Gebimsel, welches es zu einem dicken Konstrukt aus Metall und Plüschs machte, aus den üppig beringten Fingern entglitt und laut auf den Boden klatschte.

Hätte sie nicht die Musik in ihren Ohren, hätte sie sich vermutlich von dem unangenehmen Geräusch erschrocken.

Stattdessen beugte sie sich einfach herunter, fluchte über die sinistere Schwerkraft, die den Metall-Plüsch-Komplex überhaupt zum Fallen veranlasst hatte, und hob ebendiesen vom Boden auf. Allerdings hielt Ragna dabei inne, denn aus den schwarzgeschminkten Augenwinkeln fiel ihr etwas am Ende des Flures auf.

Mit runzelnder Stirn musterte sie einen roten Luftballon, der langsam auf sie zu schwebte. Noch merkwürdiger als dieser besagte Luftballon war das Papierboot, welches mit einem Band daran befestigt war.

Ragna beugte sich verwundert leicht nach vorne, als sie plötzlich von hinten mit einem Schlag niederknüppelt wurde. Durch die Wucht kippte sie zu Boden, konnte ihren Fall aber noch rechtzeitig abstützen. Hurtig drehte sie sich um, um den Aggressor mit einem gezielten Tritt an weiteren Attacken zu hindern.

Doch ihr blieb keine Zeit, sich zu Wehr zu setzen, denn kaum hatte sie sich auf den Rücken gerollt und war dabei sich zu erheben, wurden ihr ein paar exorbitant große und harte Avocados entgegengeworfen.

Ohne, dass sie wirklich verstehen konnte, was da überhaupt passierte, trat ihr der Angreifer so fest ins Gesicht, dass sie direkt wieder fiel und mit dem Hinterkopf auf den Boden aufschlug. Ihr Aufprall war so heftig, dass ihre Musikstöpsel aus ihren Ohren fielen und Ragna für einen kurzen Moment in Paralyse verharrte.

Schmerzverzerrt bemerkte sie die Wärme, die sich von ihrem Hinterkopf ausbreitete und erblickte nur verschwommen ein Individuum im gelben Regenmäntelchen, das nun davonrannte.

Sie versuchte sich langsam aufzuraffen und erkannte erst jetzt, dass Blut von ihrer Stirn tropfte. Noch ehe sie sich damit auch nur annähernd befassen konnte, wurde ihr schwindelig und sie sackte zusammen.

Doch sie fiel nicht erneut zu Boden, sondern spürte, wie sich jemand neben ihr niederließ und sie in den Armen auffing, während ihr Nachname geflüstert wurde.

Sie vernahm eine tiefe Männerstimme, die besorgt »Valo! Valo! Nicht ohnmächtig werden!« raunte.

Ragna versuchte, ihre Augen aufzuhalten und hochzuschauen, um sicherzugehen, dass diese Stimme nicht aus ihrem erschütterten Kopf stammte.

Als sie es endlich schaffte, erkannte sie das Antlitz ihres Büro- und Arbeitskollegen, welcher unermüdlich auf sie einredete, um sie wachzuhalten.

Erleichtert lächelte sie, während sie »Forge« flüsterte, ehe sie trotz aller Bemühungen ihr Bewusstsein verlor.

Track 02 - Pestlicher Totentanz

Freitag, 17. April 2020, 21:03

Kurz darauf befand sich Forge vor dem Knappschaftskrankenhaus, da er es nicht ohne triftigen Grund betreten durfte, und wurde von der Polizei bezüglich des Geschehenen befragt.

Zeitgleich befand sich Ragna in einem Behandlungsraum, um zusammengeflickt zu werden. Etwas zerstört und irgendwie zerrupft aussehend saß sie auf einer Pritsche. Der ohnehin schon kleine Raum war mit medizinischem Equipment vollgestopft und bot kaum die Möglichkeit, sich signifikant zu bewegen.

Trotzdem war genug Platz, dass Ragna geduldig vor dem Arzt saß und an sich herumdoktoren ließ. Ihre Alltagsmaske, welche ihren dunkelroten Mund mit dem zentrierten Labret-Piercing und dem Septum in der stringenten Nase verdeckte, war blutdurchtränkt. Wie beim Rest ihrer Kleidung half die schwarze Farbe beim Verdecken des Bluts, sodass sie nicht aussah als wäre sie gerade einem Tarantino-Film entsprungen. Aber der Arzt, der sie versorgte, hatte ohnehin schon Schlimmeres gesehen.

Der gut aussehende Medikus mit der Nerdbrille war eigentlich als Knöchologe in der Klinik mit der allgemeinen Versorgung von Fuß und Knöchel beauftragt. Das schützte ihn jedoch mitnichten vor dem notärztlichen Dienst in der Ambulanz.

Der Mann hatte gerade die Platzwunde an Ragnas Stirn versorgt, als er sich der Wunde an ihrem Hinterkopf widmete.

Dies war einer der wenigen Momente, in denen der Kontrast zwischen ihrer bleichen Kopfhaut und den blauschwarz gefärbten Haaren hilfreich war, denn so war eine relativ leichte Lokalisierung der Verletzung möglich. Dabei ließ sich Ragna nicht von der Commotio cerebri abhalten, mit dem geschmeidigen Doktor zu schäkern und detailliert über seine Vorgehensweise informiert werden zu wollen.

Als sich der Arzt der Nähung der Wunde widmen wollte, hielt er inne.

»Oh je, haben Sie etwas Pathologisches an mir entdeckt und ich muss jetzt doch notgeschlachtet werden?!«, scherzte die Gotin.

»Nein, nein! Mir ist gerade nur aufgefallen, dass da eine Tätowierung am Rand des Oberteils hervorschaut.«

»Sie können ruhig mal das Oberteil anheben und schauen.«

Dieses verlockende Angebot ließ sich der fesche Arzt nicht entgehen und bewunderte nun den bekannten Holzschnitt Tanz der Gerippe von Michael Wolgemut, der sich auf und zwischen Ragnas Schulterblättern erstreckte.

»Ein Totentanz! Das Thema mag zwar aus dem späten Mittelalter stammen, aber irgendwie passt es in Zeiten von Corona.« Der Arzt lächelte, bevor er sich wieder mit der Wundversorgung befasste.

Grinsend raunte Ragna daraufhin: »Gruselig! Genau darüber habe ich heute Morgen mit meinen Arbeitskollegen gesprochen.«

Obwohl er sich minutiös dem Nähen der Kopfhaut widmete, nickte er und ergänzte:

»Vermutlich werden wir analog zur Pest wohl mindestens eine zweite Welle haben. Aber ich hoffe, dass wir das Ganze besser bewältigen können und nicht die Basis für eine Hexenverfolgung 2.0 schaffen.«

Ragna spitzte die Lippen und sinnierte.

»Erste Ansätze sind da schon zu erkennen. Wenn man sich die Stellung der Wissenschaft im kollektiven Bewusstsein anschaut und wie es gerade durch die aktuelle Unsicherheit erschüttert wird, kann man das schon mit dem Schwinden des Vertrauens in die Kirche jener Zeit parallelisieren.«

Kaum hatte der Arzt die Wundversorgung beendet, murmelte er: »Stimmt. Die meisten Menschen haben ein Verständnis von Wissenschaft, das weder die langwierige Generierung von Erkenntnissen noch die Diskurse innerhalb sowie zwischen den Disziplinen wahrnimmt. Und damit bekommt die Wissenschaft einen fast sakral anmutenden Anschein.«

Daraufhin grinste sie.

»Ich sehe, Sie sind ein Mann der Wissenschaft und kennen sich mit dem Thema Danse macabre aus. Beeindruckend.«

Daraufhin huschte eine dezente Röte über das Antlitz des Arztes, die sich trotz der Maske nicht völlig verbergen ließ.

»Werde ich bei Ihnen punkten, wenn ich eine Parallele zu den gesellschaftlichen Gegebenheiten der gesamtgesellschaftlichen Krise und der Zerrissenheit der Gesellschaften ziehe?«

Nun wurde Ragnas Grinsen breiter und ein kleiner, etwas diabolisch anmutender Funken war in ihren Augen zu sehen. »Absolut.«

Ein leichtes Lächeln des Medikus war selbst unter der Maske zu sehen.

»Es ist zwar nicht zu verkennen, dass Sie ein Goth sind. Aber was hat Sie dazu veranlasst, sich dieses Motiv stechen zu lassen?«

»Sie meinen abgesehen von der morbiden Vorliebe, die meine Subkultur mit sich bringt?! Nun, es ist zum einen der klassische Memento mori-Gedanke, dass man seine eigene Sterblichkeit nicht vergisst. Aber auch der – wie ich finde – beruhigende Gedanke, dass wir im Tod alle gleich sind. Zwar mag das Wie, Wann und Wo des Sterbens durchaus vom sozialen und finanziellen Status abhängig sein, eins ist es jedoch nicht: dass wir alle sterben werden.«

»Und der stetige Gedanke an das Ableben irritiert sie nicht?«

Die Gotin entgegnete grinsend: »Ich sehe das Tattoo ja selten.«

Darauf stieß der Arzt ein Lachen aus, das einer Mischung aus Erheiterung und Nervosität zu sein schien. »Vielleicht muss man das so sehen, wenn man am Institut für Kriminologie und Forensik der Uni arbeitet.«

Nun war sie es, die lachte, aber ohne eine Verunsicherung in der Stimme.

»Ich würde Sie gerne zur Beobachtung hier lassen«, unterbrach der Medikus die kurze Stille zwischen ihnen.

»Aber ich kann dem entgehen, wenn ich einen Wisch der Einverständniserklärung unterschreibe, richtig?!«

Nun schwang doch eine gewisse Nervosität durch ihre Worte.

»Ja. Aber ich kann Ihnen nur dringend dazu raten, dass Sie das nicht tun.«

Ragna spitzte erneut ihre Lippen, allerdings konnte man aufgrund der Maske nur erahnen, welche Grimassen sie zog.

»Ich will Ihnen Ihre Kompetenz nicht aberkennen, aber ich werde trotzdem nicht bleiben.«

»Gibt es eine Chance an Ihre Vernunft zu appellieren und Sie doch hierzubehalten?!«

»Nein.«

»Ich sehe schon, Sie haben einen Sturkopf, der trotz Gehirnerschütterung nicht zu überwinden ist. Versprechen Sie mir, heute Nacht nicht alleine zu bleiben?«

Es klang ernsthafte Sorge in seiner Stimme, welche sich auch in seiner verstimmt aussehenden Augenpartie niederschlug.

Ein Seufzer entwich Ragna, aber kein Ja.

»Wenn das so ist, werde ich mich mit Ihrer Begleitung zusammentun. Der Mann schien besorgt genug um Sie zu sein, um das durchzuziehen.«

Langsam zeichnete sich ein Grinsen auf ihrem Gesicht ab und sie spottete nur: »Viel Glück dabei!«

Track 03 = Backstreet Beuys

Freitag, 17. April 2020, 21:53

Etwas später und nach einer kurzen polizeilichen Befragung stand Ragna im Flur von Forges fast schon klinisch eingerichteter Wohnung. Sie wartete mit verschränkten Armen sowie schmollendem Gesicht auf ihn und blubberte: »Dir ist klar, dass ich durchaus alleine sein kann, oder?!«

Aus der angelehnten Tür zum Schlafgemach des großgewachsenen Kriminologen ertönte es ungewohnt sanft:

»Der Arzt hat mir eindringlich nahegelegt, dass es besser ist, wenn du es nicht bist. Und da du ja partout nicht willst, dass deine Eltern oder sonstige Freunde oder Verwandtschaft zu dir kommen oder ich dich zu ihnen bringe, musst du mit mir vorliebnehmen. Du bist nicht die Einzige, die einen Dickschädel haben kann.«

»Ich bin nicht dickschädelig, nur weil ich alleine klarkomme«, entgegnete sie grummelig.

»In der Tat. Aber du bist dickschädelig, weil du dich inbrünstig der ärztlichen Anordnung widersetzt, jetzt nicht alleine zu sein.«

»Also, technisch gesehen bin ich nicht alleine. Bobfried ist doch bei mir«, lamentierte Ragna halbherzig mit dem Wissen, dass heute Abend Forge der größere Sturkopf sein würde.

»Nice try, Valo. Nice try«, ertönte aus seinem Schlafzimmer.

Schließlich beschloss die Gotin, sich in Forges Musik-zimmer zu begeben. Sie hatte während ihrer Warterei im Flur bereits das Regal abgescannt und die zahlreichen Bücher über Kunst und Kunstgeschichte begutachtet. Ebenso wie das gerahmte Foto der Beuys'schen Fettwanne an der gegenüberliegenden Mauer, dass zusätzlich durch die kahle, weiße Wand betont wurde.

Ragna war mindestens einmal die Woche bei ihm zu Besuch, denn sie hasste es zu kochen – möglicherweise auch deswegen, weil sie es nicht konnte oder können wollte – und er war ein begnadeter Hobbykoch. Forge hatte irgendwann beschlossen, dass die Gotin sich wenigstens einmal in der Woche nicht von Junkfood, Cornflakes oder Fertigkram ernähren sollte. Also lud er sie regelmäßig zum gemeinsamen Speisen ein, wobei sie ihm bei der Zubereitung des Essens zur Hand ging, um wenigstens über eine gewisse Daseinsberechtigung am Esstisch zu verfügen.

Seit Forge sie mindestens einmal wöchentlich bei sich oder bei ihr daheim mit delikaten Speisen abfütterte, hatten die Zwei ihre gemeinsame Vorliebe für *die Simpsons*, *Monty Python* und den Dadaismus ent-deckt.

In dieser freundschaftlichen Symbiose bereicherten sie sich gegenseitig; zum Beispiel hatten sie inzwischen eine gemeinsame Playlist für ihre Treffen, die von Forges geliebter klassischer Musik ebenso bestückt war wie von Ragnas Dark Rock à la *HIM* und *The 69 Eyes* sowie eine fast schon organische Fusion beider Musik-geschmäcker in Form von der Symphonic Metal Band *Nightwish* oder mit deren auf Solopfaden wandelnder Ex-Sängerin *Tarja*.

Während zu Beginn ihrer Freundschaft in den CD-Regalen in Forges Musikzimmer ein üppiges Aggregat von klassischer Musik vorfindbar war, hatten sich inzwischen einige von Ragnas Lieblingsbands dazwischen gemogelt.

Eigentlich war es nicht verwunderlich, dass er offen für ihre Musik war, denn in seinem Musikzimmer befand sich neben einer Geige und einem Klavier auch ein Schlagzeug.

Mit einer leichten Verwunderung, warum Forge so lange dafür brauchte, seine Übernachtungsutensilien zu packen, fand Ragna endlich etwas Zeit, sich inbrünstig in seinem Musikzimmer umzusehen.

Bei diesen Besuchen hatte sie Küche, Bad und Wohnzimmer kennengelernt, aber ins Musikzimmer hatte Ragna bis dato nur einen kurzen Blick geworfen.

Wie alle Wände in seiner Wohnung waren diese weiß, aber durch die vielen CD-Regale war ohnehin nicht viel davon zusehen. Auch, weil um seine Instrumente herum die Wände mit Postern bekleidet waren, auf denen die Noten seiner Lieblingslieder abgedruckt waren.

Ragna, selber unmusikalischer als ein Stück ranzige Butter, war von so viel Begabung beeindruckt und ein bisschen neidisch auf Forges absolutes Gehör sowie sein beinah makelloses Taktvermögen. Als die Gotin sich gerade gedankenverloren in einem der CD-Regale umsah, welches gefüllt mit einem Medium war, das so old school war wie Forge selbst, stachen ihr ein paar neue Alben ins Auge.

Der Mann hatte sich inzwischen mit sämtlichen Alben von *Ghost* ausgestattet. Nario würde vor Freude und Stolz explodieren, wenn er wüsste, dass er eventuell den Kriminologen zu dieser schwedischen Heavy Metal Band gebracht hatte.

Als der Gerichtsmediziner die Musikgruppe damals für sich entdeckte, hatte er Ragna und Stellan bei jeder Gelegenheit damit beschallt. Daher war nicht ausgeschlossen, dass Forge ebenfalls über ihn damit infiziert wurde oder vielleicht über Umwege durch Ragna.

Breit grinsend darüber machte sie ein Foto von den musischen Beweismitteln und verschickte es mit den Worten »Forge ist ganz schön beghostet. Einer von uns beiden hat ihn mit der Vorliebe für diese exquisite Band angesteckt« an Nario.

Dessen Antwort ließ nicht lange auf sich warten. »Damit liegt der R-Wert von Ghost bei mindestens zwei oder sogar drei! Mit einer Inkubationszeit von nur wenigen Minuten, je nachdem welcher Song gerade gespielt wurde. Das wäre zumindest mal eine Pandemie, die mir gefallen würde. Aber was viel wichtiger ist: Wie geht es dir? Was sagt die Polizei?«

Eigentlich war Ragnas Motivation über ihr Befinden Report zu leisten im Minusbereich, aber Nario war einer dieser exorbitant besorgten Menschen, die ohnehin keine Ruhe geben würden, solange er nicht eine Antwort erhielt.

»Die Wunde an der Stirn musste nicht genäht werden, aber die am Hinterkopf. Und ich habe eine mittelschwere Gehirnerschütterung. Wie du prophezeit hast. Der Arzt war übrigens sehr zufrieden mit deiner Erstversorgung. Die Polizei hat die Ermittlungen aufgenommen und mein Kopf ist noch dran.«

Gerade als sie ihr Mobiltelefon wieder in ihre Hosentasche stopfen wollte, klimperte es erneut.

»Oje. Wann kann ich dich morgen vom Krankenhaus abholen?«

»Gar nicht. Ich bin gleich zu Hause. Und JA, auf eigenes Bestreben. Und NEIN, ich bin nicht alleine. Ich melde mich später nochmal.«

Nun wollte Ragna ihr Handy endgültig wegpacken, aber sie hätte damit rechnen müssen, dass sie nicht dazu kommen würde, ohne vorher von ihrem Kumpel angerufen zu werden.

So klingelte es just in dem Moment, als sie es in ihrer Hosentasche verstauen wollte. Mit rollenden Augen und frustriertem Seufzer nahm sie den Anruf im Freisprechmodus entgegen.

»Meine Königin der Dunkelheit, Bobfried zählt nicht als nicht alleine, wenn es um medizinische Gegebenheiten geht. Und hör auf mit den Augen zu rollen! Ich pack ein paar Sachen ein und komm zu dir!«

»Das ist beileibe nicht nötig. Ich hab gerade meine Sachen gepackt, um auf Valo aufzupassen«, antwortete Forge für die Gotin, als er das Musikzimmer betrat.

Nach kurzem Schweigen hörte man nur ein: »Ragna, mach mich mal weg vom Lautsprecher. Und hör auf mit den Augen zu rollen!«

»Woher weißt du das mit dem Augenrollen?!«

»Frag nicht. Mach einfach.«

Forge nickte und verließ das Musikzimmer.

»Du bist jetzt auf normal – sofern das bei dir möglich ist. Und Forge hat sogar den Raum verlassen. Ich hoffe, du bist nicht irgendwie sauer oder gekränkt, dass er den Valo-Sitter spielt.

Ich habe gerade echt nicht den Kopf dafür deine Glucken-Mutter-Allüren zu ignorieren. Und es besteht auch keinerlei Grund eifersüchtig zu sein. Das weißt du, oder?!«

Man hörte ein kurzes Seufzen.

»Ja. Ich weiß. Und ich bin nicht erbost. Eigentlich ist es sogar ganz gut. Aber falls es euch spontan überkommen sollte, nehmt ein Kondom. Safety first!«

»Hol deine Gedanken aus der Gosse!«, murrte die Gotin.

»Vielleicht ein anderes Mal, Süße. Und nun gib mir mal il dottore.«

»Was?! Du willst Forge sprechen?! Wieso?!«

»Gib ihn mir einfach. Und hör auf, mit den Augen zu rollen!«

Mit gekräuselten Augenbrauen starrte Ragna auf das Display, ehe sie Forge ans Handy holte. Der nahm wortlos das Gerät und verließ abermals das Zimmer, sodass nur noch die Gotin und das riesige Fragezeichen über ihrem Haupt darin zurückblieben.

Daraufhin ließ sie sich mit einem kleinen Grummeln und verschränkten Armen auf den Hocker am Schlagzeug nieder.

Ihre Arme lösten sich erst wieder, als sie das Mobiltelefon von Forge empfing und sie es sich wieder ans Ohr hielt, nur um festzustellen, dass Nario unlängst aufgelegt hatte.

»Hat der Sack einfach aufgeleckt! Apropos, was wollte der Sack von dir?«

»Besagter Sack wollte nur sichergehen, dass ich mir auch wirklich im Klaren bin, dass du Pflege brauchst und was ich gegebenenfalls mache, wenn sich dein Zustand verschlechtern sollte.«

»Und das hat nur so kurz gedauert?!«

»Nur weil ich ihn daran erinnert habe, dass wir erst vor wenigen Wochen eine Auffrischung des Erste-Hilfe-Kurses hatten, den er selbst gegeben hat.«

»Du scheinst sehr überzeugend gewesen zu sein.«

Forge zuckte mit den Schultern und es huschte ein schelmisches Grinsen über sein Gesicht.

»Nicht ich, aber mein Finger, der auf Auflegen gedrückt hat.« Nun deutete er auf das Schlagzeug.

»Du wolltest doch nicht etwa spielen? Dein Taktgefühl ist grausam!«

Trocken entgegnete Ragna »Deins auch, grumpy old man«, bevor sie provokativ die Augen rollte und den kläglichen Versuch startete, sich ein amüsiertes Lächeln zu verkneifen. Nun wuchs dieses Lächeln zu einem diabolischen Grinsen.

»Und … Wie erfolgreich hast du schon einer Dame ein Ständchen auf dem Schlagzeug gespielt, um ihr Herz zu erobern?!«

»Erfolgreich oder überhaupt?!«

»Beides.«

»Erfolgreich: kein Mal. Und überhaupt: kein Mal«, scherzte Forge, dessen Gesicht im Standardmodus immer grummelig und genervt erschien. Vermutlich, weil er grundsätzlich grummelig und genervt war. Trotzdem hatte dieser chronisch grantige Mann den Schalk im Nacken und war allzu oft für lustigen Unfug aufgelegt.

Dennoch war die Werkseinstellung seines markanten Gesichts grumpy, da er stets grimmig und mit hochgezogener rechter Augenbraue dreinblickte. Forge war von schlanker Statur und hohem Wuchs, sein kinnlanges, leicht wuscheliges dunkelbraunes Haar wurde von fancy Koteletten und einem Dreitagebart ergänzt.

Seine chronischen Augenringe und die blasse Haut verliehen seinem Aussehen eine extra Note Grimm. Daran änderte auch nichts seine derart gerade Nase, dass man sie mit der Wasserwaage kontrollieren könnte, nur um seinen inneren Monk zu befriedigen.

Insgesamt war Forge eine stattliche Erscheinung, die durch seinen Kleidungsstil untermauert wurde; selbst jetzt am Freitagabend war er mit Hemd und Weste gekleidet. Auch wenn er die Hemdärmel meistens hochgekrempelt trug, was einen Blick auf sein flauschiges Armhaar ermöglichte, wirkte er wie aus den goldenen Zwanzigern entsprungen, ohne allerdings auch nur einen Hauch von Hipster zu implizieren.

Forge trug im Grunde immer eine schwarze, enggeschnittene Hose, die manchmal nur wenig Spielraum für die Fantasie ließ, und eine schwarze Weste. Als Schuhwerk bevorzugte er schwarze Budapester, wobei er sich im Hochsommer auch mal zu Chucks hinreißen ließ.

Eigentlich unterschied sich seine Kleidung nur in Details des Schnittes und an der Farbe des Hemdes, der Krawatte oder der Struktur von Weste und Hose.

Ragna hatte ihn selbst im Hochsommer in nichts anderem gesehen; er hatte maximal seine Weste ausgezogen und die oberen Hemdknöpfe geöffnet.

Während sie so darüber nachgrübelte, ab wie viel Grad er ein T-Shirt anziehen würde, beugte er sich zu ihr vor und starrte ihr mit einer kleinen Taschenlampe in die Augen.

»Deine Pupillenreaktion ist normal.«

»Und das testest du, weil …?!«

»… du gerade so abwesend wirktest.«

»Oh, ja. Ich hab nur nachgedacht. Warum bist du heute zurück zur Arbeit gekommen? Dein Date war sicherlich nicht erfreut darüber.«

Dezent verschämt schaute Forge zur Seite.

»Sie war wirklich nicht begeistert. Wir haben uns gerade begrüßt, als ich mich direkt entschuldigt habe. Ich wollte dich nicht so kurz vorm Urlaub alleine mit der Arbeit lassen. Außerdem weißt du vermutlich am besten, dass ich dieses Date gar nicht wahrnehmen wollte.« Ragnas Blick sank nach unten.

»Tut mir leid, aber ich dachte …«

»Mach dir keine Sorgen. Alles gut. Aber überrede mich nicht nochmal zu sowas. Und nun lass uns los. Ich bin mir sicher, Bobfried möchte nochmal Gassi.«

Die Gotin lächelte und nahm die Hand, die ihr Forge entgegenhielt. Allerdings überkam sie beim Aufstehen Schwindel, sodass ihre Beine kurz zusammensackten.

Er fing sie auf, half ihr, sich zu berappeln, aber ließ sie noch nicht aus der Sicherheit seiner Arme.

»Valo!«

»Sorry. Mir wurde nur schwarz vor Augen. Ich bin wohl zu schnell aufgestanden.«

»Und deswegen sollst du nicht alleine sein«, murmelte er mit einem bestätigenden Lächeln.

Auch auf Ragnas Gesicht machte sich ein Lächeln breit, als sie leise sprach: »Ich möchte mich schon mal dafür entschuldigen, was ich gleich tun werde. Ich werde morgen sagen, dass ich von der Gehirnerschütterung benebelt war, aber ich bin eigentlich völlig klar und will das schon länger tun. Und … Ach, scheiß drauf!«

Ohne dass Forge ein Wort sagen konnte, zog Ragna ihn zu sich herunter, krallte sich regelrecht an seine Weste und küsste ihn. Für den Bruchteil einer Sekunde verharrte er in Paralyse, ehe er sie sanft an sich heranzog und den Kuss für einen Augenblick erwiderte.

Schließlich löste er sich seufzend von ihren Lippen und flüsterte verlegen: »Valo, du weißt nicht, was du da tust.«

»Doch, das weiß ich genau«, summte sie vergnügt, ehe sie ihm einen weiteren Kuss auf die Lippen drückte. Auch wenn Forge auf diese erneute Zärtlichkeit für einen Moment einging, so löste er sich abermals von ihrem Mund.

»Valo, du hast eine Gehirnerschütterung und bist durcheinander, weil du angegriffen wurdest.«

Er erzwang sich ein Lächeln, ehe er ihr in die Augen blickte und ihr die Haare aus dem Gesicht streichelte.

Mit erröteten Wangen konnte Ragna seinem Blick nur mühevoll standhalten und als er »Wir bringen dich nach Hause und ich passe auf dich auf, ob du willst oder nicht« flüsterte, seufzte die Gotin mit einem Ton der Erleichterung.

Sie nickte, noch während er langsam seine Umarmung löste, ohne ihr den stützenden Halt zu entziehen. Mit einem verspielten Lächeln murmelte sie:

»Der Lippenstift hält, was er verspricht, er ist definitiv kussfest.«

Daraufhin stieß Forge ein gelöstes Lachen aus.

»Schade. Ich bin mir sicher, dunkelrot würde ganz entzückend an mir aussehen.«

Track 04 - Die Robe der Weisheit

Samstag, 19. April 2020, 10:11

Nario hatte gehofft, dass er mal einen Samstag frei haben könnte, aber es ließ ihm einfach keine Ruhe, was am Vorabend mit Ragna passiert war. Zwar hatte die Spurensicherung den Tatort abgegrast, aber aus irgendeinem Grund zog es den Gerichtsmediziner dorthin in der Hoffnung, vielleicht doch noch eine relevante Spur zu entdecken, die auf mystische Weise übersehen wurde.

Eigentlich ein vollkommen umnachteter Gedankengang, denn eine so exquisite Spurensicherung wie die von Stellans Revier übersah einfach nichts. Vor allem dann, wenn Stellan höchstpersönlich darauf drängte, den Tatort und Umgebung zweimal zu untersuchen und er sogar selbst mit seinen eisblauen Augen jeden noch so kleinen Winkel prüfte.

Trotzdem wollte Nario einen weiteren Blick auf die Gegebenheiten werfen. Sein primäres Ziel war allerdings die Entfernung der Spuren, da er nicht wollte, dass Ragnas Blut ewig lang im Flur vor sich hin trocknete; schließlich wurde auch der Putzdienst an der Universität und somit am Institut reduziert, sodass das organische Gewebe durchaus eine Weile vor sich hin gären konnte. Wenn keine Studierenden durch die labyrinthartigen Fluren der Wissensfabrik irrten und die wissenschaftliche Belegschaft nach Möglichkeit im

Homeoffice dahinvegetierte, war schlichtweg kein so hoher Bedarf an Reinigungskräften. Und demnach wurden sie nur alle zwei Wochen angefordert. Natürlich wurde im forensischen Bereich nach wie vor in aller Inbrunst geputzt, doch oben im sechsten Stock, wo die Kriminologie ihren Platz hatte, waren bis auf Ragna und Forge alle permanent daheim und selber die beiden hatten jetzt drei Wochen Urlaub. Nario hatte sogar kurz sinniert, ob er eine Tatortreinigung beordern sollte, aber er hielt es für angemessen, dass er selber das Blut seiner Freundin entfernte.

Als er den menschenleeren Flur betrat, erwartete er irgendwie – Nein! Er hoffte! –, dass wie in einem Westernfilm ein Tumbleweed über die Gänge geweht wird. Zu seiner Enttäuschung fand er statt Gestrüpp nur die Relikte des gestrigen Angriffs vor.

Am Tatort angekommen, stellte Nario den Eimer mit seifigem Wasser ab und begutachtete die Gegebenheiten; Ragnas Blut war auf dem Boden verteilt, zahlreiche Spritzer befanden sich an den Wänden und vermutlich waren ebenfalls winzige Einheiten des roten Lebenssaftes an der Decke. Dem Gerichtsmediziner war bewusst, dass Kopfwunden theatralisch dazu neigten, einem epischen Blutspektakel eines Splatter-Films zu gleichen und nicht zwangsläufig bedeuteten, dass ein grausames Verbrechen stattgefunden hatte. Dennoch war es für ihn schlichtweg bedrückend, dass es sich um das Blut einer Freundin handelte. Auch wenn diese mit einer Gehirnerschütterung und zwei Wunden davonkam.

Für einen kurzen Moment stand Nario einfach da, seufzte und schüttelte den Kopf, ehe er sich Putzhandschuhe über die Hände streifte und einen Schwamm in den Eimer eintauchte. Es dauerte gefühlt Äonen von Jahren und mindestens zwei Wasserwechsel sowie eine Tonne Desinfektionsmittel, bis Nario das Gefühl hatte, als wäre der Tatort nur noch eine schreckliche Erinnerung, die hoffentlich bald verblassen würde.

Gerade, als er den letzten Eimer mit Blutwasser aufheben und in die endlosen Weiten der Ruhrpottkanalisation schicken wollte, vernahm er ein Klackern. Es war jenes Geräusch, das ein prähistorischer Projektor beim Abspielen einer ebenso prähistorischen Filmrolle erzeugt. Verwundert wie beunruhigt wandte Nario seinen Blick zum anderen Ende des Flures und suchte synchron dazu in den Taschen seiner Robe der Weisheit, wie er Laborkittel gerne vor seinen Studierenden betitelte, nach irgendwas, womit er sich im Zweifelsfall verteidigen könnte. Doch was er nun erblickte, entbehrte jeglicher Vorstellungskraft, die er in seinem bisherigen Leben aufgebracht hatte.

Ungläubig über das, was er zu sehen glaubte, näherte er sich vorsichtig dem Geschehen. Es handelte sich um eine Projektion, mit der er nie gerechnet hatte. Dort standen zwei Händchen haltende Mädchen in hellblauen Kleidchen und schulterlangem, braunen Haar, welches zu Seitenscheiteln frisiert und mit einer Spange an einer Seite des Hauptes befestigt war.

Der Gerichtsmediziner traute seinen Augen nicht, zumal ihn im Bruchteil einer Sekunde weitere Details auffielen. Die Spangen waren in einer länglichen Form in Hautfarbe gestaltet und erinnerten ihn mit seinem zugegebenermaßen dezent frivolem Hang an ein männliches Glied. Ferner waren die Gesichter der Mädchen von Mundnasenschutz verhüllt, sodass ihm erst auf den zweiten Blick bewusst wurde, wessen Gesichter sich darunter verbargen: es war zum einen das der Kanzlerin, während das andere aussah wie das eines bekannten Virologen mit täglichem Corona-Podcast. Nario, der inzwischen festgestellt hatte, dass weder in den Taschen seiner Robe der Weisheit noch in denen seiner Hose irgendetwas vorhanden war, womit er sich bei Bedarf zur Wehr setzen könnte, wollte gerade auf dem Absatz kehrtmachen, als das Abbild der Mädchen ebenso verschwand wie das klackernde Geräusch.

Schließlich drehte er sich um, eilte zum Foyer und rannte die Stufen des Treppenhauses hinunter. Erst als er in seinem Büro angekommen war, in das er sich einschloss, atmete er durch und tippte mit zitternden Händen so lange auf seinem Streicheltelefon, bis er Stellans Stimme vernahm.

Nachdem er das Telefonat beendet hatte, klopfte es energisch an seiner Bürotür. Er kannte dieses kraftvolle, ja fast schon wütende Klopfen nur zu gut. Trotzdem atmete er erst durch und fragte: »Wer ist da?«

»Lydia von Liszt.«

Kaum hatte sie ihren Namen ausgesprochen, wollte sie eintreten und stellte sogleich fest, dass die Tür abgeschlossen war. Als Nario diese öffnete, blickte er in das ihn skeptisch musternde Gesicht von Lydia.

Lydia von Liszt war eine erfolgreiche Staatsanwältin und arbeite als solche mit Nario und Stellan zusammen. Gelegentlich kam sie im Rahmen der operativen Fallanalyse auch mit Ragna und Forge in Kontakt.

Sie begegnete Ragna aber vor allem dann, wenn sie Nario in der Gerichtsmedizin besuchte.

Als Perpetuum mobile der Staatsanwaltschaft besaß Lydia eine schier unerschöpfliche Energie, ohne die sie ihre fast immer 70-Stunden-Woche wohl kaum bewältigen könnte. Dabei brachte sie nicht nur Angeklagte vor Gericht und fuhr mit einer unnatürlich hohen Wahrscheinlichkeit einen Sieg ein, sondern dozierte in unregelmäßigen Abständen vor Forges Studierenden im Rahmen seiner Veranstaltungen. Lydia war eine gefürchtete Staatsanwältin, die im Gericht ebenso wie im Privaten kompromisslos ihr Ding durchzog und Zeuginnen sowie Zeugen ebenso wie die angeklagten Personen im Gerichtssaal praktisch mental sezierte und keine noch so kleine Information unbeleuchtet ließ. Dass die 41-Jährige so harsch mit ihren Mitmenschen umging, war an ihrem wunderschönen Antlitz allerdings nicht zu erkennen.

Mit einem bildhübschen Gesicht, dessen große, braune Rehaugen mit ihrem sinnlichen Schmollmund und der kleinen Nase eine nahezu perfekte Komposition erschuf, deren Schönheit noch Jahrhunderte später von Minnesängern besungen werden würde, war sie eine äußerst attraktive Gestalt. Selbst ihr haselnussbraunes, leicht welliges sowie schulterlanges Haar, das sie stets in einer kunstvollen Frisur trug, war wie aus einer Frisurenzeitschrift entsprungen und immer makellos gestylt. Ebenso vollendet wie ihr Haar waren ihr Make-up sowie ihre Kleidung; sie trug die feinsten Kostüme und Hosenanzüge mit dazu passend kombinierten Highheels, deren unsagbar hohe Absätze selbst geübte Models vor eine Herausforderung stellen würden.

Besagte hohe Absätze ermöglichten es ihr, geringfügig größer als Nario zu sein und nun blickte sie ihn leicht von oben herab an.

»Dr. Malpighi, ich wollte nochmal wegen der Wasserleiche von gestern mit Ihnen sprechen, aber … Was ist mit Ihnen los?«

Mit einer Geste ließ er die Staatsanwältin in sein Büro, welches er direkt wieder abschloss.

»Ich glaube, ich bin nur etwas durcheinander wegen des Vorfalls mit Ragna.«

»Was ist mit Dr. Valo passiert?« Mit genervtem Blick verschränkte sie ihre Arme.

»Sie wurde gestern Abend vor ihrem Büro angegriffen und verletzt. Der Täter ist noch nicht gefunden.«

»Wie kann das ausgerechnet jemandem passieren, der Kampfsport betreibt?!« Ein spöttischer Unterton schwang mit.

»Sie hatte mit Kopfhörern Musik gehört und wurde überrascht«, murrte Nario.

»Und ich dachte immer so jemand hätte hervorragende Reflexe. Aber nun ja.«

Daraufhin knüddelte Nario ein Stück Papier zusammen und warf es gegen Lydia.

»Hey! Was sollte das?!«

»Ich dachte, Sie haben gute Reflexe. So auf Zack wie Sie doch immer sind.«

Zähneknirschend musterte sie Nario, ehe sie zischte: »Gehen wir zur Leiche.«

Track 05 – Zweischneidiges Standardhirnmesser der Emotionen

Samstag, 18. April 2020, 15:33

Nachdem Lydia die Gerichtsmedizin verlassen hatte, war Nario immer noch wegen des Vorfalls im Flur aufgebracht. Schließlich erschien Stellan widerwillig in der Gerichtsmedizin, um ihn zu beruhigen. Und um einen polizeilichen Blick auf den Flur zu werfen, welcher kurz zuvor von einer zwillingshaften Projektion heimgesucht wurde. Gerade als beide im Flur standen und Stellan mit einer Taschenlampe die maroden Rohre begutachtete, die an der Decke entlangliefen, rief Narios Pflicht. Laut. Sehr laut. Und in einer unerträglichen Stimme.

Der Gerichtsmediziner wurde für eine Leichenschau an einen Tatort gerufen ebenso wie Stellan, der als Mordkommissar dorthin musste. Auf der Fahrt dorthin schaffte es der rothaarige Hüne Nario soweit zu beruhigen, dass sich dieser später konzentriert der Obduktion widmen konnte.

Doch ganz unbesorgt konnte er dieser nicht nachgehen, denn für gewöhnlich hörte er während einer Sektion laut Metal-Musik. Etwas, dass die spätere Transkription seiner sprachlichen Aufzeichnungen deutlich erschwerte, aber für ihn ein notwendiges Übel darstellte.

Nun verzichtete Nario auf die musikalische Untermalung, denn er wollte ein offenes Ohr für seine Umgebung behalten. Vor allem, da der Obduktionssaal immer noch vom Odeur der gestrigen Wasserleiche verflucht war und der Gerichtsmediziner ausnahmsweise die Tür des Saals aufließ. Auch wenn sich die Geruchsrezeptoren rasch an olfaktorische Reize gewöhnten, so hatte Nario schlichtweg keine Lust, jeden Würgereiz zu unterdrücken, der ihm bei einer Reaktivierung der Geruchsreize drohte.

Trotz seiner Anspannung und seiner erhöhten Aufmerksamkeit auf seine Umgebung konnte er es nicht lassen, während seiner Tätigkeit eines seiner Lieblingslieder vor sich hinzuträllern. Mit leiser, aber erquickter Stimme besang er die Glorie Satans, als er plötzlich aus dem Augenwinkel einen ominösen Schatten erblickte.

Etwas paranoid von den jüngsten Ereignissen schreckte Nario auf und verkrampfte seinen gesamten Leib in Abwehrbereitschaft. Vor innerer Anspannung hielt er regelrecht seinen Atem an, als er einen ominösen Schatten an der ihm gegenüber liegenden Wand des Flurs beobachtete, welchen er durch die geöffnete Tür des Obduktionssaales erspähen konnte.

Die Form des Schattens mutete der Kontur eines Menschen mit absurd herzförmig toupiertem Haar an, der in einen Mantel gewandet war. Obwohl Nario kurz durchatmete, wuchs der Schatten weiter an. Ohne seinen Blick von diesem Szenario abzuwenden, griff er nach dem zweischneidigen Standardhirnmesser, das er erst vor ein paar Minuten beiseitegelegt hatte und an dem noch ein bisschen Gehirnmasse haftete.

Er schob seine Hand mit besagtem Instrumentarium verstecksuchend hinter den Leichnam, sodass jemand, der zur Tür hineinkam, ebendieses nicht sehen konnte. Als könnte er damit eine potentielle Gefahr abwenden, starrte Nario mit dem ihm möglich bösesten Gesichtsausdruck auf den Schatten. Schließlich löste sich sämtliche Anspannung, als Ragna durch die Tür schlenderte.

Beim Betreten des Sektionssaals hielt sie kurz inne und kräuselte die Nase.

»Heiliger Durkheim! Stinkt es hier immer noch so abartig nach eingelegter Leiche!?«

Amüsiert über ihr verzogenes Antlitz grinste Nario und meinte »Ich befürchte, dass wird auch noch eine Weile so bleiben«, ehe er kurz auflachte. »Seltsam. Gerade noch habe ich bei meinem Ohrwurm über den Herrn der Finsternis mitgesungen und schon stehst du in der Tür. Muss ich jetzt vor dir schwören, Teufli?«

Lächelnd lehnte sich die Gotin an die Wand. »Aber mein holder Nario, deine Seele gehört doch unlängst mir und du bist mir doch treu ergeben.«

»Da kann ich wohl nicht widersprechen, aber was machst du eigentlich hier? Und wie geht es dir? Du solltest dich regenerieren. Und nicht zu vergessen: Wie war deine heiße Nacht mit Dr. Forge?«, sprudelte es unerwartet aus dem gerichtsmedizinischen Metalhead heraus, während er das zweischneidige Standardhirnmesser an seinen Ursprungsort verschob.

Eigentlich war Ragna aus zwei Gründen wieder am Institut, wobei sie den ersteren lieber für sich behielt, um prophylaktisch Narios Einwänden entgegenzuwirken.

Zum einen war sie auf der Suche nach ihrem Lieblingsgeschmeide, welches sie beim Angriff verloren hatte. Bei diesem Schmuckstück handelt es sich um einen Rosenkranz, der abwechselnd rote und schwarze Totenschädel statt Perlen besaß und dessen Kreuz aus keltischen Knoten bestand. Sie hielt es aber für angemessener, nur den primären Grund ihres Erscheinens kundzutun.

»Nun … Weil ich dir was gestehen muss.« Sie atmete noch einmal tief ein, bevor sie es aus sich raus zwang. »Ich habe Forge gestern Abend geküsst.«

Für einen kurzen Moment versteinerte Narios Mimik, ehe er ein leicht schmerzliches Lächeln aufsetzte.

»Es tut mir so leid! Ich weiß, das gefällt dir nicht. Es wird auch nie wieder passieren. Entschuldige! Ich weiß nicht, was über mich gekommen ist. Es tut mir so leid!«

Schließlich erweichten seine Gesichtszüge etwas. »Es gibt nichts, weswegen du dich entschuldigen müsstest, Liebes. Ihr seid beide freie Menschen und als verheirateter Mann habe ich nicht das Anrecht, auch nur einem von euch etwas vorzuschreiben. Außerdem … ich würde nicht ständig versuchen, dich in seine Arme zu treiben, wenn ich nicht wollte, dass ihr beiden endlich ein Paar werdet.«

Daraufhin verzog Ragna ihr blasses Gesicht.

»Zwischen uns ist nichts.«

»Und deswegen hast du ihn geküsst. Weil zwischen euch nichts ist.«

Nario begann zu grinsen, als er bemerkte, wie eine Röte das bleiche Antlitz der Gotin eroberte.

»Ich hab es dir schon mal gesagt, dass du wegen mir kein schlechtes Gewissen haben musst. Wegen mir sollst du dich nicht zurückhalten.«

Sie seufzte laut. »Aber ich sehe doch deinen Kummer diesbezüglich.«

Der Gerichtsmediziner beschloss, die Abstandsregel zu ignorieren und nahm Ragna einfach in die Arme. »Ich glaube, es ist mehr die Lage, dass ich als Ehemann für jemanden anderen schwärme, als für meine bessere Hälfte.«

Sie drückte sich seufzend an ihn. »Du weißt, dass du das endlich mal ansprechen musst, um deine Ehe zu retten.«

»Und du weißt, dass es mit Sternchen nicht so leicht ist, über sowas zu reden. Die Probleme mit der Adoption … Was ist, wenn meine Schwärmerei zum Ende unserer Ehe führt?!«

»Wenn du es weiterhin verheimlichst, wird es das auf jeden Fall. Und wenn mir das aufgefallen ist, wird es auch anderen auffallen, die dich gut genug kennen.«

Jetzt war es mehr Ragna, die in der tröstenden Position war.

»Wenn ich Sternchen wenigstens zur Paartherapie bringen könnte.«

Leise vergoss Nario eine Träne vor dem Angesicht seiner gescheiterten Ehe. Er wollte die Liebe seines Lebens nicht kampflos aufgeben, aber seine Schwärmerei für jemand anderen beschämte ihn. Sie nahm seinen Kopf zwischen ihre schmalen Hände, wischte mit ihren Daumen die Tränen weg und starrte ihm in seine olivbraunen Augen.

»Ich verstehe deine Scham, aber so lange ihr euch noch liebt und bereit seid, daran zu arbeiten, gibt es immer noch eine Chance das zu retten. Und ihr beiden liebt euch immer noch! Deine Schwärmerei ist nur ein Ausdruck eurer Beziehungskrise, weil es mit der Adoption noch nicht geklappt hat und du dich von Sternchen mit dem Kummer alleine gelassen fühlst. Aber ihr könnt es schaffen. Es ist noch nicht zu spät!«

Ein bitteres Lachen entfleuchte dem Gerichtsmediziner an dem er zu ersticken drohte, ehe er murmelte: »Sag das mal Sternchen.«

Nun grinste Ragna verwegen. »Hab ich endlich deine Erlaubnis zur Intervention?!«

Nario nickte. »Wenn du Sternchen dazu bekommst, so lass deine Magie spielen. Aber nur unter einer Bedingung.«

»Wenn du mir jetzt sagst, du willst meinen Erstgeborenen, muss ich dich darauf hinweisen, dass nur ich als Fürstin der Finsternis diese Anforderung stellen darf.«

Das entlockte ihm ein kurzes Lachen, diesmal erleichtert.

»Dass ich kein Grund für ein schlechtes Gewissen bin, was Dr. Forge angeht.«

Daraufhin stöhnte sie frustriert und rollte mit den Augen. »Wie stellst du dir das vor?! Dass ich das so abschalten kann?!«

Schließlich machte sich ein fast schon diabolisches Grinsen auf Narios Gesicht breit. »Dir ist schon klar, dass du es das erste Mal nicht leugnest?«

Daraufhin verzog die Gotin ihr Gesicht. »Ich fand, dass in diesem Gespräch gerade andere Dinge Priorität hatten als mein Protest.«

»Ich nehme jeden kleinen Sieg, der dich in seine muskulösen Arme führt. Und hör auf mit den Augen zu rollen.«

Doch sie hörte mitnichten auf.

»Aber nun erzähl mir die Details! Du hast ihn geküsst!«

Die Gotin presste ihre Lippen zusammen, wog die Vor- und Nachteile ab, davon zu berichten, schmiss dann aber alles über den Haufen und tat Nario einfach den Gefallen.

Der Gerichtsmediziner war unerwartet begeistert und von der Wehmut, die sonst bei diesem Thema aufkam, war fast nichts zu spüren.

»Also, ich habe mich vorab bei ihm entschuldigt für das, was ich gedenke zu tun und ihn beschworen, dass nicht meine Konfusion der Motivator ist, auch wenn ich das am nächsten Morgen behaupten würde. Und dann habe ich ihn geküsst und … Er hat …«

Das Grinsen auf Narios Antlitz wurde jetzt das Breiteste seit es Steven Tylers riesigen Mund gibt und er machte mit seinen Fingern ein Zelt.

»Er hat den Kuss also erwidert.«

»Ja. Schon. Sicherlich nur ein Reflex.«

Daraufhin winkte er nur ab und lächelte. »Nicht, wenn ihr euch danach nochmal geküsst habt.«

»Ich hab ihn danach nochmal geküsst. Aber …«

Nun strahlten seine Augen regelrecht vor Freude, während seine Augenbrauen in schelmischer Manier wackelten. »Wenn er den Kuss auch erwidert hat, war es garantiert kein Reflex.«

Noch bevor Ragna daraufhin reagieren konnte, wurde Narios Grinsen abermals breiter als üblich, ehe er frohlockte: »Er hat! Er hat!«

Track 06 - Der Holzkopf

Samstag, 18. April 2020, 16:03

Mit seinem prähistorischen Nokia 3310 am Ohr begab sich Forge schnellen Schrittes zum Eingang der kriminologischen Fakultät. Er versuchte immer noch Ragna zu erreichen und die Ansage ihres Handyanbieters der Nichterreichbarkeit ließ ihn vermuten, dass sie sich in jenem Betonbunker aufhielt, indem beide zu arbeiten pflegten.

Er war sichtlich beunruhigt, dass sie sich mit ihrer Gehirnerschütterung nicht wie vom Arzt verordnet ausruhte. Und dann kehrte sie noch an jenen Ort zurück, an dem sie am Vortag von einem flüchtigen Delinquenten in Ernies-Quietscheentchen-gelben Regenmantel attackiert wurde.

Zwar war die Wahrscheinlichkeit, dass so kurz nach dieser Straftat, die ohnehin schon mehr als unwahrscheinlich war, direkt eine weitere geschehen würde, mehr als gering, aber bei den ominösen Sichtungen, die Forge in den letzten Wochen gemacht hatte, vermochte ihn die bloße Rezitation von statistischen Wahrscheinlichkeiten nicht zu beruhigen.

Während er sich mit der linken Hand den Zugang zum Gebäude ermöglichte, versuchte er ein letztes Mal Ragna zu kontaktieren, bevor auch er in die Versenkung der Empfangslosigkeit verschwinden würde.

Eigentlich war die Gotin eine vernünftige Frau, aber ihr Drang nach Kontrolle bezüglich ihrer eigenen Angelegenheiten trug gelegentlich seltsame Früchte in

Form von keine Hilfe annehmen oder gar erbitten sowie alles auf eigene Faust zu erledigen. Dabei war ihre Sturheit nicht besonders hilfreich, sodass sich Forge unlängst besorgt ausmalte, wie sie durch die Gehirnerschütterung induzierte Schwächung ihrer Kondition zusammengesackt in irgendeiner verlorenen Ecke der Universität lag.

Allerdings wurde er aus seinem pessimistischen Gedankenkarussell gerissen, als er am Aufzug angelangt war und einen Tastendruck mit seinen Ellenbogen vollführte. Es war nicht der Akt an sich, der Forges mentales Karussell abrupt zum Stehen brachte. Auch nicht die sich verdächtig schnell öffnende Fahrstuhltür, sondern der Inhalt der Kabine.

Forge kräuselte seine Augenbrauen und begab sich in der Sphäre zwischen Aufzugschacht und Lift in die Hocke, um zu verhindern, dass der Lift seine Pforten vorzeitig wieder schloss und ihm die Möglichkeit nahm, diese Kuriosität zu begutachten.

Während er sich also in dieser Art synaptischen Aufzugspalt positionierte, beäugte er den obskuren Fund, denn vor ihm saß eine dürre marionettenartige Puppe auf einem Dreirad. Mit seinen roten Schühchen und einer Fliege in derselben Farbe sowie einem feschen schwarzen Anzug hatte er etwas von einem kleinen Gentleman.

Einen kleinen, unsagbar hässlichen Gentleman mit fisseligen schwarzen Haaren auf dem Holzkopf und schlecht proportioniertem Gesicht. Dieses war perser-katzenweiß und die dunklen Augen machten auch keine Schönheit aus ihm. Eigentlich war er sogar ein wenig creepy.

Als ob das Ganze nicht schon seltsam genug war, trug die Puppe noch eine Alltagsmaske in derselben Farbe wie seine Fliege.

Gerade als sich Forge wieder aufraffen wollte, fuhr die kleine Gestalt vor seine Füße. Daraufhin hob er sie auf und entfernte den Schnutenpulli des Männchens, um zu eruieren, ob sich darunter etwas verbarg, was sie noch hässlicher machen würde.

Nun konnte man deutlich ihren bauchrednerpuppenartigen Mund erkennen und die roten Pi-Symbole, die auf den Wangen gemalt waren.

Forges linke Augenbraue hob sich in ungeahnte Höhen, als er diesen kleinen Kerl musterte, während die Fahrzeugtüren immer wieder versuchten sich zu schließen, aber von seinem hochgewachsenen Leib davon abgehalten wurden.

Gerade in dem Moment, als er beschloss, diese ominöse Puppe wieder abzustellen, öffnete sie langsam ihren Mund. Mit erwartungsvollem Blick starrte er auf das Ding und wurde schließlich von einem Strahl glibberiger Substanz angekotzt.

Laut fluchend, aber erleichtert, dass seine eigene Alltagsmaske das Schlimmste verhindern konnte, schleppte er die Puppe mit zum nächsten Herrenklo, entsorgte sie mit einem gezielten sowie wütenden Wurf im Mülleimer und begann damit, sich den Schleim aus dem Gesicht und von der Kleidung zu waschen.

Nach fünf Minuten war er zwar sauber, aber auch nass. Seit Beginn des Lockdowns war eine unnatürliche Klopapierknappheit ausgebrochen – zumindest, wenn man es von den kaufwütigen Menschen in den Läden ableiten würde – deren WC-Wahn sogar so weit ging, dass irgendjemand das als Toilettenpapier bezeichnete

Schmirgelpapier auf den universitären Aborten geklaut hatte.

Zwar würde Forge sein prächtiges Brusthaar davor schützen, sich durch das nasse Hemd zu verkühlen, und vermutlich würde ihn außer Ragna ohnehin niemand erblicken, aber vielleicht war es genau das, was in ihm das innige Verlangen auslöste, nicht wie ein nasser Lumpen auszusehen. Eigentlich war er kein Fan von diesen Bakterienschleudern namens Handtrockner, aber zumindest sollten diese ihm dabei helfen, nicht klitschnass durch das Gebäude zu laufen.

Während er sich in einem akrobatischen Eiertanz am Handtrockner trocknete, fiel ihm eine kleine Kritzelei daran auf; es handelte sich um eine längliche Schmiererei, die wider Erwarten keine Zeichnung eines Penis war. Zumindest wäre es ein äußerst seltsamer Penis mit zusätzlichen Gliedmaßen und zwei riesigen Schneidezähnen.

Noch mehr verwunderte es Forge allerdings, dass dieses Ding sich in einem durchgestrichenen Kreis befand. »Vielleicht soll es heißen, dass hier keine mutierten Penisse erwünscht sind«, murmelte er, verließ das Herrenklo und eilte zurück zum Fahrstuhl.

Track 07 - Mundmagnetismus

Samstag, 18. April 2020, 16:23

Ragna scannte immer noch mit Argusaugen und Taschenlampe minutiös den Tatort ab, an dem sie keine 24 Stunden zuvor angegriffen wurde. Das zu suchende Geschmeide lag ihr besonders am Herzen, da es ihr vor Jahren ihre beste Freundin Filina zur Dissertation geschenkt hatte. Es erinnerte sie nicht nur an diesen Meilenstein ihrer wissenschaftlichen Karriere, sondern auch an eine wundervolle Freundschaft, die seit dem Kindergarten bestand und vermutlich auch noch bestehen würde, wenn die beiden als Gespenster umhergeistern würden.

Nach langer Sucherei keimte inzwischen eine frustrierte Verzweiflung in Ragna auf, sodass sie sich resignierend an die Tür des Büros lehnte und an ihr langsam zu Boden glitt. Sie atmete tief ein, schloss kurz ihre Augen und als sie ihre Dötzen wieder öffnete, nahm sie einen verdächtigen Schatten in ihrem Augenwinkel wahr.

Direkt spannte sich der komplette Leib der Gotin an, ehe sie mit einem gezielten Tritt in die Kronjuwelen des nahenden Angreifers ebendiesen zu Fall brachte. Allerdings musste sie feststellen, dass es sich bei dem vermeintlichen Aggressor um Forge handelte, der nun schmerzerfüllt seine Lendengegend umklammerte und in klötaler Agonie »Valo!« murrte. Schließlich ließ er sich neben sie auf den Boden nieder, immer noch zerknirscht von dem Tritt in sein Gekröse.

»Oje, Forge! Es tut mir leid! Ich hab dich aus dem Augenwinkel nicht erkannt.«

Besorgt griff sie an seinen Oberarm und wartete, bis er wieder ansprechbar war. Dann seufzte er und lehnte sich an die Tür.

»Du kannst dann meinen Eltern erklären, warum sie nur von zwei Söhnen Enkelkinder bekommen werden.«

»Es tut mir so leid! Nach gestern Abend wollte ich mich nicht nochmal so überrumpeln lassen und mich besonders inbrünstig zu Wehr setzen.«

»Das hab ich gemerkt. Meine Gehänge ist mir bis zum Bauchnabel hoch gerutscht.«

»Es tut mir wirklich leid!«

»Schon gut. Allerdings: Du wurdest nicht aufgrund deiner Unaufmerksamkeit verletzt, sondern weil irgendeine Arschkrampe mit zweifelhaftem Modegeschmack dich angegriffen hat.«

Gerade, als Ragna zum Widerwort ausholen wollte, hielt er seine flache Hand hoch.

»Ich will nichts davon hören, dass du dir die Schuld daran gibst. Ich weiß, du hasst es, wenn du keine Kontrolle hast, aber das ist Bullshit! Und untersteh dich, mir zu widersprechen. Sonst bin ich dir doch böse.«

Mit sämtlichem Widerwillen im Gesicht verzog die Gotin ebendieses, blieb aber stumm.

»Was zum Teufel machst du eigentlich hier?«, wollte Forge schließlich wissen.

»Das könnte ich dich auch fragen.«

»Stimmt, aber ich antworte dir erst, wenn du mir geantwortet hast. Und hör auf mit den Augen zu rollen.«

Ragna seufzte gewollt laut, während sie absichtlich mit ihren Augen rollte. »Ich hab gestern meine Kette verloren und hab sie gesucht.«

Grummelig runzelte Forge die Stirn. »Valo, du hast eine Gehirnerschütterung und sollst dich schonen.«

»So schlimm ist es doch gar nicht. Ich hab ein Taxi genommen und bin nicht selber gefahren!«

Mit charmantem Lächeln wollte sie ihn beschwichtigen, aber das schien nur semi zu fruchten.

»Du weißt noch nicht mal, was gestern in meinem Musikzimmer passiert ist. Du solltest das nicht auf die leichte Schulter nehmen«, murrte er.

Ragna presste ihre Lippen zusammen und errötete. »Na und. Du hast mir doch erzählt, dass Nario angerufen hat. Mehr muss ich nicht wissen.«

Forges rechte Augenbraue erhob sich und just in dem Moment, indem er etwas sagen wollte, schob sie hinterher: »Jetzt bist du dran mit antworten!«

»Ich hatte dir gesagt, ich komm noch mal vorbei, um nach dir zu sehen, mit Bobfried Gassi zu gehen und dir was zu kochen.«

»Aber du hast von heute Abend gesprochen!«

»Ich wollte dem armen Hund nicht zumuten, so lange pinkeln zu müssen, aber nicht zu dürfen.«

»Weil ich nicht mit ihm rausgehen kann?!« Dabei stemmte sie empört ihre Hände in die Hüften.

»Vielleicht, aber nur vielleicht, habe ich deine Unvernunft erahnt und wollte früher nach dir sehen. Da ich nicht unangemeldet vorbeischauen wollte, habe ich versucht, dich vorher anzurufen. Dabei schaltete sich die Telefonansage an, die nur kommt, wenn man im empfangslosen Institut verweilt. Also war es offensichtlich, dass du aus irgendeinem umnachteten

Grund hier sein würdest.«

Dezent schuldbewusst schaute Ragna zur Seite, bevor sich Forge erhob.

»Dann lass uns mal suchen.«

Er reichte ihr seine Hände entgegen, um ihr das Aufstehen zu erleichtern. Nickend, aber ein wenig widerwillig nahm sie die Hilfe an.

»Ich such hier schon seit Ewigkeiten. Lass uns gehen.«

Kaum hatte sie die Worte gesprochen, war sie mit Schwung hochgekommen und quasi in seine Arme gerutscht. Langsam fuhr sie mit ihren Händen seine Brust entlang, schaute ihn mit weitaufgerissenen Augen und erröteten Wangen an. Eine von seinen Händen hielt sie am oberen Teil des Rückens fest, während die andere ihren Weg zu Ragnas unterem Rücken fand und sie sanft an sich heran zog. Als sich ihre Gesichter etwas näherten, flüsterte sie nur noch »Forge«, bevor beide begannen, ihre Augen zu schließen.

Ehe sie dem Drang des Mundmagnetismus nach-gehen konnten, hörten sie ein absichtlich lautes Räuspern. Schockiert drehten sie sich zur Quelle dieses Geräusches und da stand er: Cosmo Wakefield - ihre studentische Hilfskraft.

Wie von einer gemeinen Strandkrabbe in den Hintern gekniffen rückten die Zwei voneinander weg, während der Student murmelte: »Dr. Valo. Dr. Forge.«

Ragna quetschte sich ein Lächeln ab und raunte »Cosmo«, während Forge nun seinen üblichen skeptisch-genervten Gesichtsausdruck an den Tag legte und »Mr. Wakefield« entgegnete.

Schließlich wandte er sich zu ihr. »Valo, ich würde gerne mit Mr. Wakefield alleine sprechen. Wärst du so nett und wartest im Büro auf mich?«

»Was?! Nein! Wieso?«

»Tu mir den Gefallen, ja?!«

Die Gotin starrte mit verzogenen Augenbrauen abwechselnd zu Forge und Cosmo.

»Warum?«

»Ich würde gerne ein Privatgespräch mit Mr. Wakefield führen.«

»Das wirft jetzt mehr Fragen auf, als dass es sie beantwortet.«

»Bitte, Valo. Tu mir den Gefallen.«

Mit gekräuselten Augenbrauen und unwohlem Gefühl nickte sie nur, bevor sie zähneknirschend der Bitte nachkam. Normalerweise hätte sich Ragna nicht so leicht wegschicken lassen, aber nach dem Vorfall auf der Weihnachtsfeier und ihrer aktuellen körperlichen Verfassung war sie ein bisschen erleichtert, jetzt nicht mit Cosmo lamentieren zu müssen.

Kaum waren die zwei Männer alleine, kramte Forge seinen Mund-Nase-Schutz aus der Hosentasche.

»Setzen Sie Ihr Mundhöschen auf!«

Mit zusammengekniffenen Augen folgte der junge Mann den Anweisungen seines Chefs.

Cosmo Wakefield, Student der Kriminologie und Rechtswissenschaften, war seit zwei Jahren studentische Hilfskraft am Institut und arbeitete zuweilen Forge und Ragna zu. Der 23-jährige Engländer mit deutscher Mutter war nach der Trennung seiner Eltern während seiner Teenagerjahre nach Deutschland gekommen, wobei er seinen britischen Akzent nie wirklich losgeworden war. Möglicherweise hat er es auch nicht versucht, denn ein Teil seines Charmes – vor allem bei Frauen – speiste sich genau daraus. Sicherlich war ebenfalls sein attraktives Äußeres eine Hilfe; mit seinen dunklen Haaren, den hellblauen Augen und einem verspielten Kinngrübchen sowie leicht gebräunter Haut wirkte er wie ein klassischer Sonnyboy.

Nachdem die Männer ihren Mundschutz angelegt hatten, ließ Forge nicht lange auf sich warten.

»Mr. Wakefield, was machen Sie am Institut? SHKs ist es während des Lockdowns nicht gestattet, an der Uni zu sein.«

»Ich könnte Sie das ebenfalls fragen, Dr. Forge.«

»Es ist beileibe nicht ungewöhnlich, dass wir samstags hier arbeiten. Und das ist Ihnen durchaus bekannt. Also, was haben Sie hier zu suchen?«

»Ich hab was zu erledigen.«

»Und was? Wenn einer der Sicherheitsmenschen Sie sieht, bekommen Sie Ärger. Gehen Sie heim und ich tu so, als hätte ich Sie nicht angetroffen.«

Nun machte sich ein nahezu sinisteres Grinsen auf Cosmos Gesicht breit, das man sogar durch die Maske wahrnehmen konnte.

»Sie meinen, damit ich auch so tun kann, als hätte ich das gerade nicht gesehen!?«

Daraufhin verfinsterte sich Forges Antlitz noch mehr und er verschränkte die Arme.

»Sie haben nichts gesehen, dass es zu verheimlichen gilt.«

»Das sah von hier betrachtet anders aus.«

»Valo wird es gewiss nicht gefallen, wenn ich es Ihnen erzähle, aber wenn es Sie davon abbringt, Lügen zu verbreiten, nehme ich das in Kauf. Gestern Abend wurde sie vor unserem Büro von einem Unbekannten attackiert und verletzt.«

»Sie wurde was?!«

Cosmo wirkte sichtlich betroffen, aber im nächsten Moment kräuselte sich eine Zornesfalte zwischen den Augenbrauen.

»Unter anderem erlitt sie eine Gehirnerschütterung. Beim Angriff verlor sie ihre Lieblingskette, die sie heute unbedingt suchen wollte. Sie wissen selbst, dass man ihr nichts ausreden kann, was sie sich einmal in den Kopf gesetzt hat.«

»Das sah mir gerade nicht nach Suchen aus«, spottete der Student.

»Das ist leicht zu erklären«, entgegnete er ohne nennenswerte Abweichung seines Gesichtsausdrucks. »Nachdem sie es aufgegeben hatte, hatte sie sich auf den Boden niedergelassen. Als ich ihr aufhalf wurde ihr schwindelig. Was mit einer Gehirnerschütterung nicht zu unterschätzen ist. Daher hielt ich sie fest.«

Cosmo schwieg für einen Moment. »Und was machen Sie hier?«

»Ich muss mich vor einer wissenschaftlichen Hilfskraft nicht rechtfertigen, warum ich an meinen Arbeitsplatz bin.«

Stumm und mit zusammengekniffenen Augen starrte der Student seinen Chef an.

»Sie haben also gerade versucht, uns zu erpressen mit nichts.« Nun hatte sich Forges ohnehin schon tiefe Stimme verdunkelt. »Glauben Sie nicht, dass ich das vergessen werde«, schob er fast knurrend hinterher. »Allerdings ist mir nicht klar, warum Sie eine Erpressung angedeutet haben. Dass wir uns nicht mögen, ist offensichtlich. Aber mit Valo kamen Sie doch immer sehr gut zurecht. Ich würde sogar sagen, dass Sie mehr für sie übrighaben.«

Stumm vergrub Cosmo seine Hände in der Hosentasche und senkte seinen Blick für den Bruchteil einer Sekunde.

»Obwohl … Seit Januar waren Sie deutlich weniger bei uns im Büro. Irgendwas ist da passiert. Vielleicht auf der Weihnachtsfeier?! Hat sie Ihnen einen Korb gegeben?!«

Nun schaute Cosmo mit weit aufgerissenen Augen zu ihm, bis er räuspernd wieder seine Fassung fand.

»Mr. Wakefield, ich bin sicherlich nicht auch als Fallanalytiker tätig, weil ich solche Zusammenhänge nicht erkenne«, sprach Forge mit ruhiger Stimme.

Dennoch blieb Cosmo wortlos.

»Mr. Wakefield, hat sich Valo in dieser delikaten Sache in irgendeiner Weise schlecht Ihnen gegenüber verhalten?«

Mit einem leichten Seufzer schüttelte der Student sein Haupt, ehe er leise antwortete:

»Im Gegenteil. Und das, obwohl sie allen Grund gehabt hätte. Bei der Weihnachtsfeier hatte ich mir vorgenommen, ihr meine Gefühle zu gestehen. Ich war mir so sicher, dass Ragna diese erwidert. Also habe ich sie in einer ruhigen Minute um ein Gespräch gebeten. Weil ich davon ausging, dass sie genauso empfindet, habe ich sie einfach geküsst und … Sie hat mich zwar abgewiesen, aber nicht gemein oder sowas. Sie hat mich sogar getröstet.«

»Ich kann gut nachvollziehen, dass das eine beschissene Situation ist. Aber warum haben Sie eben hingenommen, Valo mit irgendwelchen Lügen zu schaden?«

Es schwang eine Mischung aus Wut und Verständnis in Forges Stimme mit.

»Frau von Liszt hatte mir erzählt, dass Sie sich für die Einstellung Ragnas stark gemacht haben und ... Na ja, sie hat angedeutet, dass Sie es getan haben, weil Sie ein bestimmtes Interesse an ihr haben«, flüsterte Cosmo kaum hörbar.

»So ein Unfug! Sie war einfach die Qualifiziertere! Und ich denke, Sie wissen, dass Frau von Liszt und Valo sich nicht mögen. Das hätte Ihnen zu denken geben sollen.«

»Ja, ich weiß. Aber dass sie mich anlügt?! Na ja ... Vielleicht wollte ich mir nur einreden, dass Ragna mir deswegen einen Korb gegeben hat.«

»Ich glaube, Sie kennen Valo inzwischen gut genug, um zu wissen, dass es nicht so ist.«

Cosmo nickte. »Es ist nur ... Ragna weiß von meinen derzeitigen Problemen. Wissen Sie, meine kleine Schwester ist für ihr Studium zurück nach London zu meinem Vater gezogen. Im Dezember wurde sie dort von einem Betrunkenen überfahren. Seitdem streiten sich meine Eltern ständig. Sie telefonieren täglich und im Anschluss heult sich meine Mutter bei mir aus. Es ist ja nicht so, dass ich nicht auch Mary verloren hätte. Und jetzt kann ich nicht mal zur Uni vor dem Krach meiner Eltern fliehen.«

Seine Stimme war zitterig und er schaffte es nicht, dabei seinem Vorgesetzten in die Augen zu schauen. Neben der Peinlichkeit, so etwas Intimes zu offenbaren, sich aber nicht mehr zurückhalten zu können, war es für Cosmo auch besonders unangenehm, dass er es ausgerechnet Sir Grump-A-Lot himself anvertraut hatte.

Seine Nerven lagen einfach blank durch die jüngsten Ereignisse und der Lockdown verschlimmerte es noch. Er hatte bis jetzt nur mit Ragna über seine Probleme geredet, aber seit der Weihnachtsfeier im Dezember gingen sich die beiden aus dem Weg. Da brauchte es nicht viel, dass es aus Cosmo herausplatzte.

Nun entschuldigte sich Forge kurz, ging ins Büro und kam fünf Minuten später mit einem Zettel heraus, welchen er den Studenten überreichte.

»Das ist eine offizielle Erlaubnis von mir, dass Sie trotz Lockdown hier sein dürfen. Mit der Begründung, dass Sie so wie Valo und ich mit lizensierten Computerprogrammen arbeiten müssen, deren sichere Nutzung nur an den uni-eigenen Geräten möglich ist. Valo hat mir erklärt, dass die über irgendwelche technischen Notwendigkeiten verfügen, die speziell angefertigt werden müssen.«

Überrascht wie ungläubig überflog Cosmo das Dokument.

»Mr. Wakefield, eins sollte Ihnen aber klar sein: Versuchen Sie noch einmal einen von uns zu erpressen oder wagen Sie es, dieses unlautere Gerücht zu verbreiten, werde ich dafür sorgen, dass Sie an der gesamten Uni keine SHK-Stelle mehr bekommen und bei uns sofort entlassen werden. Klar soweit?!«

Mit bleich gewordenem Gesicht nickte Cosmo nur, ehe er kaum hörbar ein »Danke« flüsterte und sich direkt vom Acker machte. Mit verschränkten Armen blickte Forge ihm hinterher, bevor er Ragna aus dem Büro bat und sie den Weg zu den Aufzügen antraten.

»Ich hoffe, du hast Cosmos Kopf noch dran gelassen«, lächelte die Gotin mit einem Funken Sorgen um den jungen Mann. Forge grinste, als er sich die Alltagsmaske wieder aus dem Gesicht entfernte.

»Diesmal schon.«

Track 08 - Ein schlecht gekleideter Toter

Samstag, 18. April 2020, 18:15

Stellan stand seelenruhig mit den Händen tief in seinen Hosentaschen vergraben neben Nario, welcher wie ein des Wahnsinns Verfallener mit seinen Händen auf eine Bahre gestikulierte. Unabhängig von der exorbitant niedrigen Temperatur, die im Leichen- kühlraum herrschte, zitterte der Gerichtsmediziner mit aufgebrachter Stimme, die sich beinahe überschlug.

Der Kriminalkommissar hingegen blickte mit einer hochgezogenen Augenbraue abwechselnd auf den Leichnam und auf Nario.

»Verstehst du nicht, Stellan?! Irgendwas Seltsames geschieht hier!«, fuchtelte er wild vor sich hin. »Irgendjemand ist hier eingebrochen und hat diesen Toten wie Freddy Krueger angezogen!«

»Ich nehme die Störung der Totenruhe und die Tatsache, dass jemand wichtige Beweise manipulieren kann, durchaus ernst«, raunte Stellan, als er den Körper in dem rot-grün-quergestreiften Pullover und dem braunen Schlapphut sowie einer ebenfalls braunen Hose musterte. Auch der obskure Handschuh an der rechten Hand der Leiche, dessen Finger mit Ausnahme des Daumens mit Klingen versehen war, blieb ihm nicht verborgen. Die Person, die den Toten so gekleidet hatte, war in ihrer popkulturellen Referenz wahrlich sehr akribisch vorgegangen.

»Ich verstehe, dass du aufgebracht bist.«

»Am Arsch! Du hast mich schon heute Vormittag als paranoide Mimose abgetan, nur weil du keinerlei Indizien für diese verfickten Zwillinge gefunden hast. Und das, obwohl du selbst eingeräumt hast, dass an den Rohren der Decke irgendwas befestigt gewesen sein musste und durchaus irgendein Projektor hätte installiert werden hätte können. Aber DAS hier kannst du ja wohl nicht so leugnen!«

Schweigend hob Stellan seine Augenbrauen.

»Ich informiere die SpuSi zur Untersuchung der Kleidung, lasse sogleich die Schlösser auswechseln und werde den Sicherheitsleuten sagen, sie sollen öfter mal vorbeischauen.«

»Das ist alles?!« Nun gestikulierte er vor Wut und nicht mehr vor Panik.

»Was soll ich denn sonst machen?! Ich kann keinen Polizisten hier abbestellen oder selber hierbleiben. Du weißt, dass das ganze Revier derart belastet ist wegen diesen ganzen Corona-Panikkäufern, die Klopapier, Nudeln und Hefe horten wollen wie ein neurotisches Eichhörnchen. Sogar ich werde manchmal zu irgend-welchen Supermärkten geschickt, weil wieder irgendein Depp gewaltsam an die heilige pandemische Drei-faltigkeit kommen will oder ein unerträgliches Drama macht, weil er nur mit Mundhöschen in den Laden oder nicht mit seiner ganzen Familie dem Rudeleinkauf frönen darf.«

»So viel ist dir meine Sicherheit also wert, hm?!«

Beschwichtigend hob Stellan die rechte Hand und wollte dem Gerichtsmediziner beruhigend über den Oberarm streicheln, doch der schlug die Geste weg.

»Ich bin für dich auch nur eine hysterische Dramaqueen, oder?«

»Ach komm schon, Nario!«

»Wenn sogar Ragna so verletzt wird! RAGNA! Ragna, eine erfahrende Kampfsportlerin mit Reflexen wie eine Katze! Eine moderne Amazone! Eine gotische Walküre der Finsternis! Eine …«

»Ragna hatte laut Musik gehört und konnte deswegen nicht so gut reagieren wie sonst. Das kannst du nicht vergleichen!«

Zornig stampfte Nario wie eine Prinzessin mit schmerzhaften Darmwinden auf den Boden und ballte seine Fäuste.

»Vergiss es! Tu, was du tun wolltest und ich bewaffne mich prophylaktisch mit einem Skalpell. Und wenn mir was zu stößt, werde ich dich als Geist heimsuchen und in den Wahnsinn treiben!«

»Ach komm schon, Nario! Sei nicht so eine …«

»Dramaqueen?! Ja, nee, ist klar«, grantete der Gerichtsmediziner ihn an, ehe er diesen regelrecht aus dem Leichenkühlraum scheuchte.

Nach weiteren vergeblichen Beschwichtigungsversuchen trottete Stellan frustriert aus dem Gebäude und grummelte vor sich hin. Gerade, als er durch die Ausgangstür gegangen war, klackerte es wie wild auf ihn zu. Er kannte dieses Geräusch nur zu gut. Und er hasste es wie ein Verschwörungstheoretiker eine logische Argumentation. Ein Geräusch, das wie eine düstere Vorwarnung zur Flucht anregte, aber es war zu spät.

Mit erzwungenem Lächeln bewaffnet drehte er sich um und nickte Lydia zu, die in ihren üblichen schnellen Trippelschritten auf ihn zu ging.

»Herr Turunen! Gut, dass ich Sie antreffe. Ich habe das von Dr. Valo gehört. Wissen Sie schon etwas Neues über den Täter?«

Mit gekräuselten Augenbrauen und stechendem Blick musterte der Kriminalkommissar ihr perfekt geschminktes Gesicht.

»Ich habe es von Dr. Malpighi erfahren.«

»Sie wissen, ich darf nicht über laufende Ermittlungen sprechen.«

»Natürlich. Aber Sie ermitteln doch nicht selbst. Außerdem will ich wissen, wer ein Mitglied meines Teams angegriffen hat.«

»Sie wissen, dass wir nicht Ihr Team sind. Wir arbeiten mit Ihnen. Nicht für Sie.«

Nun setzte Lydia jenes Lächeln auf, das sie vor Gericht verwendete, bevor sie damit begann, den oder die Angeklagte mit chirurgischer Präzision auseinanderzunehmen. In Erwartung einer verbalen Sektion richtete sich Stellan auf, doch stattdessen nickte sie nur und verabschiedete sich, ehe sie ihren Weg ins Institut fortsetzte.

Abermals kräuselten sich Stellans Augenbrauen. Er hätte nicht gedacht, dass der Lockdown selbst an den stählernen Nerven der großen Lydia von Liszt zehren könnte.

Track 09 = Die Magie der Soziologie

Sonntag, 19. April 2020, 11:09

Nachdem Nario die ersten Arbeitsstunden seiner Sonntagsschicht erledigt hatte, gönnte er sich eine Pause am Hintereingang des Instituts. Normalerweise frönte er dem koffeinhaltigen Ambrosia jedes Erwachsenen im kleinen Aufenthaltsraum mit Küchenzeile, der sich gegenüber seines Leichensaals befand, aber er fühlte sich innerhalb des Gebäudes nicht mehr sicher.

Letztendlich eilte er nur von einem Raum zum anderen, um sich direkt einzuschließen und niemandem die Möglichkeit zu geben, ohne weiteres hineinzugelangen. Wenig überraschend hatten ihn auch Stellans halbherzige Versuche nicht beruhigt, als am frühen Morgen die Benachrichtigung eines Leichenfunds kam.

Als Gerichtsmediziner wurde Nario gelegentlich beim Auffinden eines toten Menschen hinzugerufen, sofern die Auffindesituation verdächtig genug war. Heute musste er zum Eiland des Ümminger Sees, da ein morgendlicher Spaziergänger mit den Augen eines Weißscheitelfälkchens vom Ufer aus eine Leiche zu erspähen glaubte.

Also tuckerten zwei Polizistinnen mit einem Boot zu dem kleinen Fleck Land im Ümminger See, um die Vermutung zu bestätigen und die Gerichtsmedizin zu benachrichtigen.

Nachdem Nario ebenfalls die Insel erreicht hatte, konnte er eine erste Einschätzung des Toten vornehmen. Doch bei der unbeständigen Witterung, die in der Natur nun mal häufiger vorlag, war die Bestimmung des Todeszeitpunkts besonders diffizil.

Da auf Anhieb nicht zu erkennen war, wie der Mensch zu Tode gekommen war, wurden genauere Untersuchungen erforderlich. Vor allem, weil weder ein Boot oder ein schifffahrtliches Substitut vorhanden war. Was bedeutete, dass der Tote entweder von selbst hierhergeschwommen sein musste oder mit einer weiteren Person auf einem Bötchen dahin gelangt war. Alles Faktoren, die Nario bei seiner Obduktion berücksichtigen musste.

Er war jedoch heilfroh, dass die Realität eines Gerichtsmediziners nicht so aussah wie sie in Film und Fernsehen proklamiert wurde. Er musste weder mit Angehörigen, Zeugen oder gar Tatverdächtigen kommunizieren. Ganz zu schweigen von anderen Ermittlungstätigkeiten, die in der medialen Darstellung häufig zu finden waren.

Während er nach der äußeren Leichenschau eine Pause einlegte und an seiner Kaffeetasse nippte, fragte er sich zum n-ten Mal, wie ein Gerichtsmediziner neben der Zerlegung eines Leichnams noch die Zeit finden sollte, Ermittlungen zu führen. Was ziemlich sinnfrei wäre, denn eine Objektivität, die immer angestrebt, jedoch nie völlig erreicht werden konnte, weil sich ein Mensch nun mal nicht aus seinem Umfeld und seinen eigenen Gefühlsleben sowie Erfahrungen lösen kann, würde bei einer derart engen Verwebung der Tätigkeiten noch weniger erreichbar sein.

Nario entsann sich, wie Forge ihm mal erklärt hatte, dass die angestrebte Objektivität in der Wissenschaft unter anderem von Max Webers Konzept der Werturteilsfreiheit aufgegriffen wurde und damit offiziell Einzug in die Sozialwissenschaft hielt. Der Chuck Norris der Soziologie hatte damit etwas in der Wissenschaft benannt, das oftmals als gegeben angesehen wurde, aber selten explizit formuliert wurde.

Forge hatte ihm erläutert, dass das Streben nach Objektivität nur bedingt erfüllbar ist. Wissenschaftlerinnen und Wissenschaftler können nicht zur Gänze neutral sein, denn schließlich sind auch sie Individuen, die sich nicht ihrer eigenen Subjektivität völlig entziehen können. Jeder ist durch die Persönlichkeit, eigene Erfahrungen und soziale sowie kulturelle Gegebenheiten geprägt. Es ist schlichtweg unmöglich, sich als Mensch komplett daraus zu schälen und in einem unbescholtenen Vakuum der Neutralität zu schweben und seiner Forschung unberührt nachzugehen.

Was nicht bedeutet, dass man nicht eine höchstmögliche Objektivität in seiner Forschung anstreben sollte. Jedoch sollte man sich immer wieder bewusst machen, dass man ein soziales Subjekt ist, dessen Denkstrukturen sich nicht dem Einfluss der Sozialisation, der Emotionen sowie des sozialen Kontexts entziehen können.

Forge hatte darauf hingewiesen, dass zwar Naturwissenschaften weniger anfällig für persönliche Einstellungen sind – schließlich würde Wasser immer unter den gleichen Bedingungen wie Temperatur und Luftdruck kochen. Schon allein die Tatsache, dass es mehrere Temperatureinheiten gab, die irgendwann mehr oder weniger willkürlich festgelegt wurden, zeigte, dass sich selbst die Naturwissenschaft nicht völlig der Subjektivität entledigen kann.

Als Forge vor gut drei Jahren die Zusammenarbeit mit Nario und Stellan begann, hatte der Gerichtsmediziner sich keine Gedanken gemacht, seine eigene Objektivität zu hinterfragen. Schließlich sei er als Mediziner ein getreuer Diener der Natur- wissenschaften.

Aber Forges Argumentationen brachten ihn zum Nachdenken und ließen ihn erkennen, dass sich nie- mand seiner eigenen intellektuellen, kulturellen sowie sozialen Hintergründe zur Gänze entledigen kann und somit eine Bemühung um reine Objektivität stets nur eine Bemühung bleiben würde. Eine Bemühung, die es immer anzustreben galt, um sich die eigene Subjektivität möglichst bewusst vor Augen zu halten und somit zu minimieren.

Dass Nario ausgerechnet jetzt an diese Unterhaltung dachte, lag vermutlich daran, dass diese am gleichen Ort stattfand, als beide sich zufälligerweise bei einer Kaffeepause an der frischen Luft trafen und dieses Gespräch führten.

Nario hatte sogar an jenem Tag dieselbe Tasse wie jetzt und musste grinsen, als er die letzten Jahre der Arbeit resümierte. Er stellte entzückt fest, dass die interdisziplinäre Zusammenarbeit einen fruchtenden Beitrag zur Aufklärung von Taten leistete. Zum Beispiel, indem der Gerichtsmediziner in die operative Fallanalyse – liebevoll OFA genannt – einbezogen wurde, um einen Tathergang zu erläutern und mögliche Abweichungen durch sein gerichtsmedizinisches Wissen be- sowie entkräften konnte.

Diese Zusammenarbeit war ebenso für die Polizei als auch für die Staatsanwaltschaft von Vorteil und Nario hatte die Disziplin der Kriminologie sogar richtig liebgewonnen, was nur zum Teil durch die Sympathien hinsichtlich Forge und Ragna befeuert wurde.

Ein bisschen machten Nario diese Gedanken wehmütig, denn seit des Lockdowns hatte er Ragna nicht mehr privat getroffen. Auch die Begegnungen am Institut wurden weniger, denn sie und Forge waren dazu angehalten, möglichst viel in Heimarbeit zu erledigen. Da man ihnen nicht so schnell Arbeits-laptops zur Verfügung stellen konnten, die die benötigten Programme beinhalteten sowie die hohen Sicherheitsstandards in Soft- sowie Hardware einhielten, die für diesen Arbeitsbereich von äußerster Wichtigkeit waren, blieb den beiden nichts anderes übrig, als gelegentlich ins Büro zu gehen. Selbst wenn das Institut sofort die nötige Technik für die Arbeits-laptops angefordert hätte, so mussten eigens Geräte mit der speziellen Sicherheitselektronik gebaut werden. Laptops, mit denen man sicher an einzelnen Fällen arbeiten konnte, waren kein Produkt von der Stange und alles andere als günstig.

Wobei der gewiefte Gerichtsmediziner davon über-zeugt war, dass die zwei sich nicht mental verausgabten, um mehr im Homeoffice zu arbeiten und einander weniger im Büro anzutreffen.

Wenn Nario und Ragna sich bei der Arbeit begegneten, trugen sie immer Alltagsmasken, die für die Mitmenschen einer Person mit Mundgeruch einen Segen darstellten aber für den Betroffenen einen Fluch.

Zudem wurde die nonverbale Kommunikation auch davon beeinträchtigt und Nario fehlte es, ihren Nasenring anzustarren und sich zu fragen, was wohl passierte, wenn er daran ziehen würde.

Außerdem fiel es Ragna und ihm schwer, ständig die Lamalänge Abstand zu halten, weil ihre Arbeitsbromance durchaus körperliche Komponenten aufwies. Wie zum Beispiel das sich gegenseitig auf den Hintern hauen, mit der Hüfte den anderen beiseitestoßen, sodass dieser das Gleichgewicht verlor und fast hinfiel, oder wenn sie mit vollem Anlauf auf ihn zu rannte und »Fang mich!« brüllte. Eine Aufforderung, der nur bedingt nachgegangen werden konnte, wenn eine 1,73 m große Gotin auf einen Mann von 1,66 Metern zulief, der meistens noch die Kaffeetasse in der Hand hielt.

Schmunzelnd gab sich Nario dieser Nostalgie hin und die Freude, dass durch die soziale Homöostase dieser Zustand nach Ende der Pandemie wiederhergestellt werden könnte, ließ ihn für einen Moment die Sorgen der letzten Tage vergessen.

Als er den letzten Schluck Kaffee zu sich nahm, öffnete sich hinter ihm die Tür und er wurde beinahe umgerannt. Durch diesen Schwung hatte sich die Neige in der Tasse auf sein Lieblingshemd ergossen und noch ehe er das Gesicht des Anremplers erkannte, war es dessen Stimme, die zur Identifizierung beitrug.

»Oh, Dr. Malpighi! Das tut mir leid! Ich habe Sie nicht gesehen!«

Mit wohlwollendem Lächeln schaute Nario auf.

»Ich habe Ihnen bestimmt 666. Mal gesagt, dass Sie mich bei meinem Vornamen nennen dürfen, Cosmo!«

Der junge Student fasste sich verlegen an den Hinterkopf, hielt aber Narios Blick stand.

»Oh! Sie haben da ja ein Pi auf Ihrem rechten Handgelenk tätowiert. Ich wusste gar nicht, dass Sie sich so für Mathe begeistern.«

Nun sank Cosmos Blick zu Boden und ein unsicheres Lachen presste sich auf seinen Mund, während er hurtig seinen Pullover über das Tattoo schob.

»Was machen Sie überhaupt hier? Studierenden ist der Zugang zur Uni im Lockdown völlig untersagt. Das gilt auch für SHKs. Die Bibliotheken sind auch alle dicht.«

Nun kramte der junge Mann ein Schriftstück aus seiner Hosentasche und überreichte es in einem fast sakralen Akt.

»Ich bin im Dienste von Dr. Forge hier.«

»Seltsam, dass er das erlaubt. Aber er wird sicher einen guten Grund gehabt haben«, raunte Nario, während er das Schriftstück begutachtete.

»Ich bin mir allerdings ziemlich sicher, dass er es nicht gutheißen würde, dass die SHKs ihr Wochenende mit Arbeit verbringen.«

»Bitte sagen Sie es ihm nicht«, scherzte der junge Mann und entlockte Nario ein Lachen.

»Natürlich nicht. Aber seien Sie äußerst vorsichtig. Hier geschehen seltsame Dinge.«

Überraschung breitete sich auf Cosmos Gesicht aus.

»Seltsame Dinge? Sie meinen doch nicht etwa den Überfall auf Ragna?!«

»Unter anderem. Woher wissen Sie davon?«

»Dr. Forge hatte es mir verraten.«

»Na dann hoffen wir mal, dass das Ragna nicht erfährt«, meinte Nario grinsend.

»Welche seltsamen Dinge passieren hier denn noch?«

»Nun, es ist schwer zu beschreiben …«

»Solche Dinge wie ein Monitor, der auf einmal angeht und auf dem Bildschirm in Schwarz-Weiß ein Brunnen abgebildet ist und es plötzlich so aussieht, als ob da ein Mädchen im Nachthemd raus und auf einen zu kriecht, man aber nur ihre langen, schwarzen, nassen Haare sieht?! Zum Beispiel!« Unruhig zuppelte der Student an dem Schriftstück von Forge rum, bevor er es wieder in seiner Hosentasche verstaute.

»Haben Sie so etwas gesehen, Cosmo?«

»Ich?! Was?! Nein! Ein Freund hat mir davon erzählt.«

Nario schob seine Hände tief in die Taschen seines Kittels und grinste nur.

»Ein Freund. Natürlich!«

Nervös lachend murmelte Cosmo noch ein »Ich muss jetzt gehen«, ehe er entschwand und es für Nario an der Zeit war, sich der inneren Sektion zu widmen.

Nach seiner kleinen Pause schlich sich Nario regelrecht zurück in seine Arbeitsgefilde. Ständig blickte er paranoid um sich, zuckte bei jedem Geräusch zusammen und ließ fast seine Kaffeetasse vor Schreck fallen, als sich ohne Vorwarnung die Aufzugtür öffnete, während er im Foyer an ihr vorbeilief.

Schließlich wollte er seine Tasse in der Küchenzeile des Aufenthaltsraums auswaschen, bevor er weiter seiner Arbeit nachging.

»Reiß dich zusammen, du siehst schon Gespenster.«, schimpfte er mit sich selbst.

Dann schloss er kurz die Augen, atmete tief ein und lächelte. Tatsächlich fühlte er sich etwas beruhigter und das Zittern in seinen Händen ließ nach. Zustimmend nickte er mit Blick auf seine Finger, schließlich könnte er keine Leiche aufschneiden, wenn seine Hände so zitterten wie ein Vibrator. Nun drehte er sich um und sein Lächeln gefror, als er Richtung Tür sah: am Tisch saß eine grotesk anmutende Puppe, deren rotes Haar verwuschelt ums Gesicht stand. Diese Puppe, eindeutig einen Jungen darstellend, trug eine Latzhose aus Jeansstoff und einen gestreiften Pulli in einer Hässlichkeit, sodass er eindeutig von der Modepolizei verhaftet werden würde. Sie trug eine Alltagsmaske mit einem filigranen Muster, das erst zu identifizieren war, als Nario sich diesem Ding vorsichtig genähert hatte. Das Muster bestand aus Zahlen, die völlig unwillkürlich aneinandergereiht auf den Stoff gedruckt worden waren.

Obwohl er regelrecht den Atem anhielt, beugte sich der Gerichtsmediziner vor, um diese Puppe aufzuheben. Skeptisch wie verunsichert starrte er sie an, ehe er langsam die Maske entfernte.

Darunter befand sich das gruselige Gesicht einer Puppe, wie es nur die 1980er hervorbringen konnte: rund, mit unnatürlich hoher Stirn sowie einem winzigen Mund, der zu einem debilen Lächeln geformt war. Gekrönt wurde das Ganze noch von den ins Nichts starrenden blauen Augen und dem Grübchen, das das Puppenkinn monosulcat spaltete.

Für einen Moment stierte Nario in die toten Augen und sinnierte, ob er Stellan anrufen sollte. Gerade, als er die Entscheidung getroffen hatte, dass er dieses Ding erst einmal in sein Büro einschließen wollte, spritzte durch den absurd kleinen Mund eine glibberige Flüssigkeit direkt in sein Gesicht.

Angewidert kräuselte er sein Antlitz und legte die Puppe langsam auf den Tisch nieder, bevor er in seiner Kitteltasche nach seinem Mobiltelefon suchte.

Track 10 - Akademischer Big Brother

Sonntag, 19. April 2020, 12:45

Den Blick an die Decke fixiert stand Ragna am nächsten Tag auf dem kleinen, aber unsagbar stabilen Tischchen des Büros, auf dem sich sonst die im Dauerbetrieb laufende Kaffeemaschine befand. Neben dem Spender des Lebenselixiers befand sich stets eine kleine Dartblaster-Spielzeugpistole, welche von Forge und ihr dazu verwendet wurde, Uneinigkeiten zu beseitigen und Entscheidungen zu treffen, indem sie auf eine selbstgebastelte Zielscheibe schossen.

Nun befand sich besagtes Tischchen nicht im Büro, sondern im Flur davor. Die Gotin hatte das Möbelstück zweckentfremdet, um an den Rohren, die an der Decke des Flurs entlangliefen, drei kleine Digitalkameras mit Bewegungsmelder zu befestigen. Zwar hatten sich die Verantwortlichen der Uni nie dafür eingesetzt, den Handyempfang zu verbessern aka überhaupt welchen zu ermöglichen, aber da der Zugang zum Internet für Wissenschaftlerinnen und Wissenschaftler eine erhebliche Arbeits- und Zeitentlastung darstellte, wurde ordentlich Geld hineingebuttert, sodass wenigstens überall ein relativ stabiles Internet verfügbar war. Damit war gewährleistet, dass Ragna mithilfe des W-Lans die aufgenommenen Bilder live begutachten konnte und diese zugleich auf einem sicheren Server gespeichert wurden.

Gerade, als sie die letzte Kamera erfolgreich montiert hatte, vernahm sie ein »Was zum Teufel machst du da, Valo?!«

Überrascht davon Forges Stimme zu hören, verlor sie plötzlich das Gleichgewicht und fiel der Macht der Gravitation anheim. Allerdings plumpste sie nicht zu Boden, sondern wurde galant von ihrem Arbeitskollegen aufgefangen.

Während dieser Ragna sanft auf die Beine half, wiederholte er seine Frage.

»Das sind Kameras mit Bewegungsmelder.«

Allerdings wurde anhand von Forges sich kräuselnden Augenbrauen deutlich, dass das mehr Fragen aufwarf, als es beantwortete.

Schließlich schob sie hinterher: »Das erkläre ich dir später. Bei dir könnte es etwas dauern, Dr. Technophobiker. Aber was hast du hier zu suchen?!«

»Dich.«

Nun war es Ragna, deren Augenbrauen sich fragend kräuselten. »Wieso?!«

»Ich musste heute Morgen ja so eilig weg und wollte sehen, wie dein Befinden ist. Natürlich wollte ich dich auch dieses Mal nicht überfallartig aufsuchen und hab dich angerufen.«

Mit einer drehenden Handbewegung verdeutlichte Forge das, was sich Ragna ohnehin denken konnte.

»Ach! Apropos heute Morgen, du hattest doch um zwölf deine Schlussmachverabredung. Ich hätte damit gerechnet, dass das länger dauert. Du hast ihr doch nicht erzählt, dass du die Nacht mit mir verbracht hast?! Ich meine, es ist nichts gelaufen und wir sind nur auf meiner Couch eingepennt, aber ich glaube, das wäre bei einer Trennung wenig glaubhaft«, sprudelte es regelrecht aus ihr heraus.

Nun verschränkte Forge grimmig die Arme. »Zum einen kann man mit niemandem Schluss machen, mit dem man nicht zusammen ist, und zum anderen geht es sie ohnehin nichts an, was ich so treibe. Und weil ich will, dass das so bleibt, habe ich ihr gesagt, dass ich sie nicht mehr im Privaten sehen möchte.«

»Hm, das wird ihr sicher nicht gefallen haben, dass du dich erst zum Date überreden lassen musst, dieses dann nach keiner halben Stunde wegen der Arbeit abbrichst und sie jetzt absägst«, resümierte die Gotin mit einem halben Lächeln, aber dennoch aufrichtigem Mitgefühl für die Unbekannte. »Dir scheint das allerdings total am Arsch vorbeizugehen. Ich dachte, du wärst ihr wenigstens gewogen, sonst hätte ich dich niemals zum Daten überredet.«

»Das war ja auch so, aber Sympathien reichen nicht für eine Beziehung oder etwas ähnlich Geartetes. Außerdem hab ich gestern etwas erfahren, das sämtliche Sympathien vernichtet hat. Hätten wir nicht ohnehin den Termin für heute vereinbart, hätte ich ihr das noch gestern gesagt«, erklärte sich Forge ruhig und bestimmt.

»Termin … Der Terminus sagt ja schon alles. Da ist bei dir echt nicht mehr ein Funken Gewogenheit«, summte Ragna mit einem kleinen Lächeln, ehe sie sich umdrehte, um den Tisch anzuheben. Doch dann wurde sie von Forge mit den Worten »Was wird das?!« aufgehalten.

Mit verwundertem Gesicht, aber mit vager Ahnung, worum es ihm gehen würde, drehte sich die Gotin zu ihm.

»Was wohl?! Ich will den Tisch zurück ins Büro tragen.«

»Es ist schon schlimm genug, dass du hier mit deiner Gehirnerschütterung diesen schweren Klumpen Möbel in den Flur geschlört hast, geschweige denn, dich nicht, wie ärztlich verordnet, ausruhst, aber du glaubst doch nicht, dass ich das jetzt noch zulasse!«, entgegnete Forge, während er mit seinem Blick Ragnas grünbraune Augen zu durchbohren schien.

»Und du glaubst doch nicht, dass ich es zulasse, dass du meine Arbeit machst«, murrte sie mit zusammengekniffenen Augen.

»Ist es denn so schwer, sich mal helfen zu lassen und auf sich Acht zu geben?!«, meinte Forge wild gestikulierend.

Nun verschränkte Ragna hämisch grinsend ihre Arme. »Ja. Und du weißt, dass ich nicht kampflos aufgebe.«

Kopfschüttelnd seufzte er. »Natürlich nicht, Sturkopf! Aber ich auch nicht!«

Daraufhin lachte sie gehässig. »Das will ich sehen, wie du das machst!«

Nun breitete sich auf Forges Gesicht ein diabolisches Grinsen aus, ehe er Ragna kurzerhand zu sich heranzog und sie küsste. Ihre Reaktion auf diese Annäherung bestand vornehmlich daraus, den Kuss zu erwidern und sich mit ihren Händen an seiner Weste festzuhalten, während er sie umarmte.

Nachdem er diesen Überraschungskuss beendet hatte, starrte sie errötend sowie lächelnd auf den Boden, sodass Forge diese beseelte Paralyse ausnutzte und den Tisch zurück ins Büro trug.

»Lass mich wenigstens den Krempel wieder zurück räumen!«, murmelte Ragna hinter ihm her, derweil sie ihm ins Büro folgte.

»Lass mal. Du musst sicherlich noch checken, ob die Kameras auch funktionieren«, antwortete Forge, als er die geheiligte Kaffeemaschine und die Dartblaster-Spielzeugpistole zurück an ihre ursprünglichen Positionen brachte.

Mit einem verspielten Grinsen setzte sich Ragna an ihren Rechner und murmelte: »Für einen Technik-muffel denkst du gut mit.«

»Ich hoffe, die Herrin der Maschinen erklärt mir jetzt endlich, was das Ganze soll.«

»Wenn wir draußen sind. Geh jetzt mal in den Flur und beweg dich!«

Track 11 – Die rote Flut

Sonntag, 19. April 2020, 13:06

Wenige Minuten später standen die Zwei im Foyer vor den Fahrstuhltüren und warteten auf die Ankunft eines der zwei Aufzüge.

»Und du kannst mir das jetzt nicht jetzt verraten? Muss es unbedingt erst draußen sein?!«

»Seit wann bist du so ungeduldig, alter Mann?!«

»Ich bin nur sechs Jahre älter als du, Lady Dracula!«, lachte er daraufhin.

Schließlich erklang das Geräusch, das das unmittelbare Erscheinen des Lifts ankündigte. Doch als sich die Türen öffneten, kam ihnen ein gigantischer Schwall roter Flüssigkeit entgegen. Forge schnappte die Hand seiner Arbeitskollegin und zerrte sie hinter sich her ungeachtet dessen, dass die rote Welle sie unlängst erreicht hatte.

Sie eilten zur gläsernen Wand des Foyers, die mit Türen zum Treppenhaus ausgestattet waren. Aufgrund der steigenden liquiden Massen war es nicht so leicht, eine der Türen zu öffnen. Doch mit gemeinsamer Kraft gelang ihnen ein Spalt, durch den sie sich quetschen konnten.

Kaum hinter der sicheren Glastür, unter der selbst in geschlossenem Zustand etwas der roten Flüssigkeit durchsickerte, meinte Ragna mit stierem Blick auf die Glastür: »Scheint so, als ob es das mit der Flüssigkeit war.«

»Stimmt, ganz so viel kann aus einem Aufzug ja nicht kommen. Aber wer weiß, was das für ein Sekret ist. Wir sollten schleunigst die Klamotten loswerden.«

Nun breitete sich auf ihrem Gesicht ein weites Grinsen aus. »Oh, là, là, Forge! Du könntest mich ja wenigstens vorher zum Essen einladen.«

»So oft, wie ich schon für dich gekocht hab, dürftest du eigentlich nur noch nackt zur Arbeit kommen.«

Mit einem verruchten Lächeln summte die Gotin: »Bring mich nicht auf solche Gedanken.«

Ein kleines Lachen entsprang Forges Mund, allerdings konnte er keinen Konter mehr aussprechen, da plötzlich die Sprinkleranlage im Treppenflur aktiv wurde. Auch hier war es rotgefärbte Flüssigkeit, die nun auf die Zwei wie ein blutiger Regen niederprasselte.

»Oh, damn!«, zischte es auf Forges Mund.

»Komm schon.«

Ragna ergriff mit beiden Händen das Geländer der Treppe, welche durch das plötzliche Nass zunehmend glitschiger wurde. Nickend tat er es ihr gleich, sodass sie sich synchron und krebstierartig immer von einer Stufe zur anderen fortbewegten.

Vorsichtig bewältigten Forge und Ragna peu à peu die rutschigen Treppenstufen, um in den fünften Stock hinabzusteigen und über einen der zahlreichen, labyrinthartigen Flure über ein anderes Treppenhaus in Freiheit zu gelangen.

Track 12 – Menschliches Beweismaterial

Sonntag, 19. April 2020, 14:56

Mit Mundschutz behangen standen Stellan, Ragna und Forge an einem Notarztwagen, der am hinteren Eingangsbereich des Gebäudes geparkt war.

Inzwischen konnten sich die Durchnässten abtrocknen und erhielten sogar die Ersatzberufskleidung der Sanitäter, um nicht vom Winde verweht zu werden und sich noch eine Erkältung zuzuziehen.

»Also, die Feuerwehrmenschen geben Entwarnung. Es handelt sich tatsächlich nur um rotgefärbtes Wasser. Aber ihr habt euch absolut korrekt verhalten«, erläuterte der rothaarige Kriminalkommissar, während er nachdenklich durch seinen Bart fuhr.

»Haben die schon eine Vermutung, wie diese schlechten Stanley Kubrick-Imitationen konstruiert wurden?«

Daraufhin starrten Stellan und Ragna mit erstauntem Blick auf Forge.

»Was denn?! Nachdem mir Valo erzählt hatte, dass sie mit Ihnen und Nario Silvester einen Stephen King-Marathon geschaut hat, wollte ich mal wissen, was daran so erquicklich ist«, rechtfertigte sich Forge leicht verärgert.

Nun lächelte Stellan mit den Worten »Guter Mann«, wobei Ragna indes etwas errötete.

»Die Feuerwehrmenschen haben noch keine Anhaltspunkte. Sie fanden nur seltsame Konstruktionen über dem Aufzug. Aber die SpuSi trifft gleich ein.«

»Danke, dass du zu uns gekommen bist«, lächelte die Gotin, die ihren Kumpel am liebsten umarmt hätte, diesem Impuls jedoch nicht nachging. Sie wollte den Kriminalkommissar nicht in der Öffentlichkeit in Verlegenheit bringen, weil sie ausnahmsweise auf die Abstandsregel schiss.

»Selbstverständlich. Als der Notruf einging, dass irgendwas am Institut ist, musste ich mich persönlich überzeugen, dass keiner zu Schaden gekommen ist. Ich bin nur froh, dass Nario inzwischen zu Hause ist«, merkte Stellan an, ehe er sich mit einem Nicken an beide verabschiedete und wieder zum Feuerwehrhauptmann ging.

Nachdem ein Kollege von Stellan die Aussagen von Forge und Ragna aufgenommen hatte, wollten ebendiese sich auf den Heimweg machen. In dem Moment, in dem sich Forge vom Notarztwagen abwandte, stöckelte eine kleine sowie zierliche Frau wütend auf ihn zu. Als sie die Hand zum Schlag erhob, schimpfte sie wie ein cholerischer Rohrspatz.

»SIE ist also der Grund dafür!«

Bevor besagte Dame Forge eine klassische wie melodramatische Backpfeife verpassen konnte, stoppte er die Hand, indem er sie am Handgelenk packte und vom Schlagen abhielt.

»Lydia! Was soll der Bullshit?«, knurrte Forge sie an, während er sie losließ.

»Das könnte ich dich genauso fragen! Ich wusste doch, dass was an den Gerüchten dran sein muss!«

Mit gekräuselten Augenbrauen trat Ragna an seine Seite und raunte: »Frau von Listz war dein Date?!«

»Du hast ihr von unserem Date erzählt?!«, zeterte sie so laut, dass sich schon einige Feuerwehrmenschen zu ihnen umdrehten.

»Nein, Lydia, das warst du gerade. Aber Valo ist nicht dumm. Wenn das Erste, was du tust, wenn du uns neben einem Krankenwagen stehen siehst, der Versuch ist, mich zu schlagen, statt sich nach unserem Befinden zu erkundigen, ist es für eine erfahrene Fallanalytikerin keine Raketenwissenschaft, DAS zu eruieren.«

Nun bat Forge Ragna, ihm ein Vier-Augen-Gespräch mit der Furie zu ermöglichen. Daraufhin nickte sie und begab sich schweigend zu Stellan, während Forge mit Lydia am Krankenwagen blieb.

Mit ihrem lieblichen, aber vor Zorn geröteten Gesicht stand sie nun vor ihm. Die kleine Frau hatte trotz ihrer exorbitanten Absätze Mühe, zu ihm aufzuschauen. Schließlich stemmte sie ihre Hände in die Taille und wartete darauf, was er ihr zu sagen hatte.

»Was machst du überhaupt hier?!«

»Passt es dir nicht, dass ich dich mit deiner Geliebten erwische?!«

»Wenn Valo meine Geliebte wäre, warum sollte ich dann das Risiko erwischt zu werden eingehen und sie für ein Stelldichein am Arbeitsplatz treffen?! Nur weil Sonntag ist, heißt es ja nicht, dass hier niemand ist.«

Darauf schnaubte Lydia verächtlich. »Vielleicht stehst du ja darauf.«

Mit grimmig verzogenem Gesicht und verschränkten Armen starrte Forge sie wortlos an, ehe sie ungewohnt leise entgegnete: »Ich wurde informiert, dass die Feuerwehr einen Einsatz am Institut hat. Ich war um die menschlichen Beweise besorgt.«

»Das nennt man Leichen. Ich hoffe, du redest vor den Angehörigen nicht so«, grummelte Forge und hob eine Augenbraue. »Und ich habe dir schon mehrfach gesagt, dass ich nichts mit Valo habe. Besten Dank, dass du mich der Lüge bezichtigst, Lydia.«

»Du hast sie damals schon meinem Wunschkandidaten vorgezogen.«

»Das war ja wohl nicht schwer; dein Favorit erfüllte weniger Anforderungen für die nötige Stelle. Und da musste ich die Mitentscheider, zu denen du schlichtweg nicht gehörtest, nicht überzeugen«, konterte er lakonisch.

Nach einem verächtlichen Schnauben seitens Lydia legte er noch nach: »Übrigens kotzt mich deine Doppelmoral an!«

»Wie bitte?!«, keifte sie, wurde dann durch eine Geste von Forge zum Schweigen verdonnert.

»Glaubst du, ich weiß nicht, dass dein Favorit vor allem dein Favorit war, weil du ihn gebumst hast?!«

Mit weit aufgerissenen Augen und Mund starrte sie ihn stumm an.

»Woher ich das weiß?! Ich bin doch nicht meschugge! Du wolltest den Knaben unbedingt in dieser Stelle haben und das trotz der schlechteren Qualifikation. Außerdem akzeptierst du keine starken Frauen neben dir. Dass dir ein Mann – am besten noch einen, den du um den Finger gewickelt hast – lieber ist als eine Amazone wie Valo, ist offensichtlich.«

Lydia musste sichtlich schlucken.

»Und noch etwas: wenn du schon unter meinen Studenten deine Liebhaber suchst, dann solltest du darauf achten, dass es diskreter verläuft«, fügte Forge mit einem schiefen Lächeln hinzu.

»Wolltest du deswegen nicht mit mir ausgehen?«

Langsam fand die Staatsanwältin ihre Contenance wieder und richtete ihren Körper mit aufgesetztem Lächeln auf.

»Sicherlich war mir das keine Freude, aber nein. Ich empfinde einfach nicht auf diese Weise für dich. Und das habe ich dir immer wieder gesagt. Aber du hast nicht aufgehört, mich um eine Verabredung zu bitten.«

»Wieso hast du dann dem Date am Freitag zugestimmt?«

»Weil Valo mich dazu überredet hat.«

Nun verzog sich Lydias Gesicht wieder in eine wütende Fratze. »Überredet?! Du musstest dazu überredet werden?! Ist dir eigentlich klar, wie viele Männer dich darum beneiden würden?!«

»Mag sein. Aber das ist für mich irrelevant. Und wenn du ehrlich bist, bist du doch gar nicht an mir als Mensch interessiert. Sicherlich fühlst du dich zu mir hingezogen, weil ich mich von dir nicht einschüchtern lasse. Im Grunde genommen geht es dir nur darum, dass du einen repräsentativen Ehemann Nummer drei suchst.«

»Das ist es also, was du von mir denkst?!«, zischte sie.

»Du willst gar nicht wissen, was ich von dir denke.«

»Wieso hast du dich dann überhaupt zum Date überreden lassen, wenn du mich ach so sehr verachtest?! Dachtest du, ich würde dich so einfach über mich drüber rutschen lassen, nur weil ich mir ab und an einen deiner Studenten als Toyboy halte?!«

»Eigentlich war ich dir gewogen. Wir hatten einen respektvollen Umgang und gute Gespräche.

Aber schon alleine, dass du mir sowas zutraust, zeigt doch, wie wenig du an meinem Charakter interessiert bist. Auch wenn es mir nicht gefällt, wie du mit Menschen umgehst, aber was der Sympathie, die ich dir entgegenbrachte, den Todesstoß gab, war die Tatsache, dass du Mr. Wakefield erzählt hast, dass Valo vornehmlich die Stelle bekommen hat, weil ich was von ihr will. Du magst Valo nicht und willst ihr ans Bein pissen, aber sie ist nicht die Einzige, die unter diesem Gerücht zu leiden hat. Du weißt ganz genau, dass das auch meiner Reputation schadet. Also selbst wenn ich darüber hinwegsehen würde, dass du mit der Verbreitung von Lügen jemand anderen schaden willst, weil du die Person nicht magst, so sollte dir wenigstens an mir gelegen sein. Trotzdem hast du dieses Gerücht verbreitet. Und wer weiß, welchem deiner Liebhaber du davon noch erzählt hast. Oder wem sonst noch. Und wer es von denen weitergetrascht hat.«

Abermals starrte Lydia ihn schockiert an. »Du wusstest, dass Cosmo und ich eine Liaison unterhalten haben?!«

»Bis gerade war es nur eine Vermutung. Ich meine, wieso solltest du einer SHK davon erzählen, wenn du sonst der Meinung bist, dass Studis nichts mit Interna zu tun haben sollten.«

Ein bitteres Lachen folgte aus ihrer Kehle.

»Es würde mich wenig überraschen, wenn du dieses Gerücht in die Welt gesetzt hast.«

»So etwas traust du mir zu?!«, krächzte Lydia fast schon panisch.

»Erst seitdem ich weiß, dass du das Gerücht verbreitest. Eigentlich bist du die einzige Person, die einen mehr oder weniger validen Grund dafür hat. Deine

Aversion gegenüber anderen willensstarken Frauen macht es durchaus plausibel. Selbst die Menschen, die Valo nicht mögen, sind nicht so gegen sie, dass sie sich solche Mühe machen würden«, erläuterte Forge sachlich seine Gedankengänge.

Daraufhin seufzte Lydia, schüttelt aber den Kopf.

»Ehrlich gesagt ist es mir gleich, was du dazu zu sagen hast. Selbst wenn du nicht Urheberin dieses Gerüchts bist: du hast es mindestens einer weiteren Person erzählt und damit auch meine Integrität untergraben. Ganz gleich wie sehr du Valo verabscheust, aber du hast in Kauf genommen, dass ich mitbeschmutzt werde. Erzähl mir nicht, dass dir das nicht klar war. Du bist eine kluge Frau und wenn einem deiner Rechtsreferendaren das passiert wäre, hättest du ihn bei lebendigem Leib gehäutet und im Anschluss an den Pranger gestellt.«

Nun hob Lydia wieder selbstsicher ihren Kopf, grinste und meinte: »Wenn du ein verweichlichter Schwächling sein willst, der sich von sowas tangieren lässt, ist es wohl besser, dass wir das Ganze im Keim erstickt haben.«

Mit grimmig verzogenem Mund und zusammengekniffenen Augen schaute Forge zur Seite, ehe er der Staatsanwältin in die Augen starrte und ernst murmelte: »Wenn dir die Untergrabung meiner Männlichkeit dabei hilft, besser damit klarzukommen, dass die unwiderstehliche Lydia von Liszt einen Korb bekommen hat, soll mir das recht sein. Jeden die Coping-Strategie, die ihm bei der Bewältigung von Unschönem hilft.«

Nun breitete sich ein diabolisches Lächeln auf seinem Gesicht aus, während in Lydia wieder deutliche Wut aufstieg. Noch ehe sie auf seine Spitze reagieren konnte, verabschiedete sich Forge höflich und begab sich zu Ragna.

Track 13 – Coronaler Wahnsinn

Sonntag, 19. April 2020, 15:36

Inzwischen befanden sich Ragna und Forge in seinem Auto auf dem Weg zu ihrer Wohnung. Sie hatte sich dezent mit Fragen zu Lydia zurückgehalten und lieber das Thema auf etwas gelenkt, was ihr ein µ weniger unangenehm war.

»Also, du wolltest ja wissen, was ich mit den Kameras im Flur vorhabe.«

»Du meinst, außer das Offensichtliche?!«

»Korrekt. Außer, dass ich Menschen, die sich vor unserem Büro rumtrollen, aufnehmen will. Nun, ich … Also, es fällt mir schwer, das zuzugeben, aber nach den heutigen obskuren Ereignissen …«

»Wow! Es muss dich echt triggern, wenn du es nicht wie sonst schaffst, deine Gedanken direkt zu artikulieren.«

»Allerdings. Also, neben heute … Na ja, da sind mir schon mal ominösen Sachen passiert. Auch am Freitag, als ich überfallen wurde.«

»Es fiel mir ohnehin schwer zu glauben, dass das einzig Seltsame an jenem Abend war, dass du überfallen worden bist. Und das auch noch von jemandem mit einer so auffälligen Bekleidung wie einem gelben Friesennerz. Spätabends an der Uni. An einem Freitag. Während eines Lockdowns. Entschuldige, ich wollte dich nicht unterbrechen.«

Die Gotin lächelte. »Schon okay. Bei dem Resümee wirkt der Rest vielleicht weniger abstrus. Also, bevor ich vom Friesennerz attackiert wurde, hab ich einige Meter vor der Bürotür einen roten Luftballon gesehen.«

»Einen roten Luftballon?! Wie im Film *Es*?!«

»Ja!«

»So ergibt der Friesennerz tatsächlich mehr Sinn.«

»Aber pass auf. Am Luftballon hing ein Papierboot.«

Forge runzelte die Stirn, während er in Ragnas Straße abbog. »Was haben die Polizisten dazu gesagt, als du ihnen das bei deiner Befragung erzählt hast?«

»Die dachten, dass mir die Gehirnerschütterung den Geist vernebelt hätte. Und ich kann es ihnen nicht mal verdenken. Es geht mir ja genauso.«

»Ich glaube nicht, dass Gehirnerschütterungen solche Effekte auf das Gehirn haben.«

»Stimmt. Das passt eher zu einer beginnenden Geisteskrankheit.«

Forges Blick blieb auf die Straße gerichtet, als er ihre Hand ergriff und leicht drückte. »Du wirst nicht verrückt.«

»Nachdem ich neulich auf dem Damenklo eine Maske gefunden hatte, die so aussah wie die von *Ghostface* in *Scream*, bin ich mir da nicht so sicher.«

»Auf dem Damenklo?!«

»Ja. Und als ich die Maske aufhob, befand sich darunter eine Zeichnung. Es sah ein bisschen aus wie ein schlecht gezeichneter Penis, der durchgestrichen wurde.«

»Einen schlecht gezeichneten Penis, der durchgestrichen wurde?!«

»Ja! Ich hab mir nichts dabei gedacht und das Ding liegen gelassen. Aber ein paar Tage später fand ich eine weitere Maske. Diesmal von *Michael Myers* aus den *Halloween*-Filmen. Auf deren Innenseite war wieder so ein missratener Penis.«

»Und wo hast du die gefunden?«

Die Gotin schwieg einen Moment, ehe sie kaum hörbar meinte: »Vor unserem Büro.«

»Vor unserem Büro?! Warum hast du nicht mit mir darüber geredet?!«, meinte Forge entsetzt, ehe er zum Rückwärtseinparken ansetzte.

»Weil ich gedacht habe, dass das dumme Streiche sind. Ich meine, schlecht gezeichnete Penisse?! Ich habe es noch nicht mal meiner besten Freundin erzählt, weil ich es für Unsinn hielt. Von irgendjemandem, der wegen des Lockdowns ein bisschen mehr am Rad dreht als der Rest der Gesellschaft … Und möglicherweise auch, weil ich teilweise an meiner eigenen geistigen Verfassung zweifle.«

»Dazu gibt es keinen Grund.«

»So fühlt sich das aber nicht an.«

Kaum hatte Forge eingeparkt und den Motor abgestellt, seufzte er.

»Ich hätte dir da vielleicht auch eher etwas sagen sollen.« Erwartungsvoll starrte Ragna ihn an.

»Ich habe gestern etwas Komisches gefunden. Als ich den Aufzug nutzen wollte, war da so eine hässliche Puppe wie bei *Saw*. Sie trug ein Mundhöschen und als ich das entfernte, kotzte sie mich mit Glibber voll.«

Daraufhin musste Ragna kurz kichern.

»Ich weiß … Das sah bestimmt lustig aus. Aber … Wenn sowas ist, sag mir doch sofort Bescheid. Vielleicht hätte ich sonst den Überfall verhindern können.«

Nun legte sie den Kopf in Schieflage und kräuselte die Augenbrauen.

»Okay. Ja. Das war ein dummer Gedanke.«

»Das auch. Aber mich verwundert mehr deine exorbitante Besorgnis.«

Nun schaute er sie mit einem ungewohnt liebevollen Blick an, streichelte ihr eine Haarsträhne hinters Ohr und raunte: »Als ich dich Freitag blutüberströmt vorgefunden habe, ist mir fast das Herz zersprungen.«

Ragna blieb schweigsam, lächelte aber und wurde dabei rot wie das Hinterteil eines Pavianweibchens, wenn es Paarungsbereitschaft signalisierte.

»Lass uns in deine Wohnung gehen und schauen, ob Bobfried in Ordnung ist«, brach Forge die Stille und nach einem erleichterten Seufzer nickte die Gotin mit einem kleinen Grinsen auf den Lippen.

Track 14 - Blitzkriegkuss

Sonntag, 19. April 2020, 15:41

In Ragnas Wohnung angelangt und noch in den Ersatzgewandungen der Sanitäter gekleidet, wurden Forge und sie direkt von Bobfried begrüßt.

Bobfried, ein schwarzer Barsoi-Windhund mittleren Alters, war in den Zeiten vor Corona stets im Büro der zwei anwesend. Er ruhte gerne unter den sich gegenüberstehenden Schreibtischen der zwei Wissenschaftstätigen und war im Winter eine exquisite Fußheizung. Doch aufgrund der bis dato zum Teil unbekannten Übertragungswege durfte Bobfried nicht mehr an der Uni verweilen und kam seitdem während Ragnas Bürozeit bei ihrer Knusper-Oma-Nachbarin Sieglinde unter.

Vor Freude des Anblicks von Frauchen und des liebgewonnenen Forge wedelte Bobfried derart inbrünstig mit der Rute, dass er beinahe einem Helikopter ähnelte. Die Freude des Wiedersehens beruhte auf Gegenseitigkeit, allerdings überschütteten sich vor allem Bobfried und Forge mit Freudesbekundungen, und der inbrünstige Akt der Begrüßung ließ keine Möglichkeit, den Flur von Ragnas Wohnung zu verlassen. Im Gegensatz zum Flur von Forge hatte sie ihre Bücher im Wohnzimmer gebunkert. Stattdessen befanden sich hier nur eine Garderobe, die aussah, als ob sie aus Knochen bestünde, sowie ein Spiegel, der der gotischen Baukunst nachempfunden war. Zudem waren an den Wänden vereinzelt kleine Insignien der

Gothic-Kultur wie Fledermäuse und Totenschädel angebracht.

Für einen Moment erfreute sich Ragna an dem bunten Reigen zwischen Mensch und Tier, ehe sie beiläufig einwarf: »Du und die von Liszt, hm?!«

Nun stockte Forge kurz, ehe er sich langsam von Bobfried abwandte. Völlig irritiert blickte der Hund zu ihm hoch, bevor Forge Ragna mit plattgepressten Lippen entgegnete: »Eben nicht! Deswegen wollte ich ja auch kein Date mit ihr.«

»Sorry, wenn ich gewusst hätte, dass es sich um die Hexe vom staatsanwaltlichen Dienst handelt, hätte ich dich nicht dazu überredet. Aber du hast dich ja kontinuierlich in Schweigen bezüglich der Identität besagter Dame gehüllt«, murmelte sie, während sie am Saum des Sanitätsoberteiles spielte.

»Sie hat mich halt immer wieder gefragt und irgendwie hab ich mich dann doch breitschlagen lassen«, seufzte Forge nachdenklich.

»Du hast lange durchgehalten. Bis ich dich überredet habe«, stellte die Gotin fest und setzte ein gezwungenes Lächeln auf.

»Man kann sich halt genauso wenig aussuchen, in wen man sich verliebt, wie man sich aussuchen kann, in wen man sich nicht verliebt«, murmelte Forge und ließ einen versonnenen Blick über Ragna streifen.

Daraufhin errötete sie, ehe er ihr über den Arm streichelte.

»Aber wir sind nicht mal bis zum Händchen halten gekommen. Was mir ehrlich gesagt recht ist.«

Ein kurzes Lächeln huschte über ihr Gesicht, bis er hinterherschob: »Da bist du mit Mr. Wakefield weitergekommen.«

Nun entgleiste ihre Mimik komplett, bis es schockiert aus ihr rausplatzte: »Du weißt das?!«

Über ihre Konfusion amüsiert, grinste Forge. »Er hat mir gestern gesteckt, dass du ihm einen Korb gegeben hast, nachdem ihr euch geküsst habt und er dir seine Liebe gestanden hat.«

Empört verschränkte Ragna ihre Arme. »Mooooment! Wir haben uns nicht geküsst! Er hat mich mit einem Blitzkriegkuss überrascht! Da konnte ich mich nicht wirklich zur Wehr setzen, schon hatte er seine Lippen auf meine gedrückt! Ich hab nichts erwidert und ihn sofort von mir geschoben!«

»Blitzkriegkuss?!« Er runzelte die Stirn.

»Verzeihung. War das unpassend?«

»Du meinst wegen meines polnischen Urgroßvaters, der dem Blitzkrieg zum Opfer fiel? Nein. Es ist nicht unpassend.« Er lächelte. »Allerdings kann ich mir das immer noch nicht so ganz vorstellen.«

Schließlich machte sich ein verwegenes Lächeln auf Ragnas Gesicht breit. »Küss mich!«

»Was?!«

»Küss mich!«, wiederholte sie bestimmt, sodass er sie in seine Arme zog und küsste.

Jedoch verweigerte sie dabei jegliche Interaktion und schob ihn von sich weg. Mit gekräuselten Augenbrauen starrte Forge sie konfus an.

»Und jetzt küss mich nochmal!«

Diesmal ließ er sich nicht so lange bitten und wurde mit einem erwiderten Kuss belohnt. Nachdem sie es geschafft hatten, ihren Mundmagnetismus zu unterbinden, grinste er, während er sie immer noch mit den Armen umschlossen hielt.

»Jetzt verstehe ich, was du meinst. Aber ich plädiere dafür, dass wir uns der letzten Variante nochmal annehmen. Nur um sicherzugehen, dass ich es auch wirklich verstanden habe«, raunte er, um kurz darauf von ihr zu sich gezogen und geküsst zu werden.

Diesmal wurde der Kuss etwas inniger, leidenschaftlicher und schließlich wagte sich Ragna in ihrer Verwegenheit einen Schritt weiter. In dem Moment, als sie sich mit ihrer Zunge an seinen Mund herantastete, unterbrach Forge den Kuss.

»Ich sag es nur ungern, aber wir tragen immer noch die Ersatzklamotten. Ich sollte nach Hause fahren und nach einer Dusche frisch zu dir zurückkehren.«

Mit weit aufgerissenen Augen wie ein schockierter Lemur nickte Ragna wortlos, ließ sich aus seiner Umarmung lösen und starrte ihn an.

»Ruh dich aus. Und mach keine solch unvernünftigen Unternehmungen wie die Kameraaktion. Wir überlegen uns später ein weiteres Vorgehen, okay?!«, schlug Forge vor und drückte ihr nach ihrer stillen Zustimmung einen Kuss auf die Stirn, ehe er aus ihrer Wohnung entschwand.

Track 15 - Tangierception

Sonntag, 19. April 2020, 16:01

Nachdem sich Forge so flugs verabschiedet hatte, stand Ragna für einen Moment völlig perplex im Wohnungsflur, ehe sie sich in einer Art konfuser Trance unter die Dusche begab. Während sie das heiße Wasser auf sich niederplätschern ließ, begutachtete sie die schwarzen und roten Kacheln, die ihr Badezimmer mit gotischen Streifen versahen. Sie dachte daran, wie sie vor Jahren mit ihrem Vater zusammen den Raum renoviert hatte. Mit einem schwachen Lächeln fuhr sie die Fugen zwischen den Fliesen entlang, ehe sie die Dusche abstellte. Das Reinigen ihres bleichen Leibs erbrachte nicht den gewünschten seelischen Effekt, daher beschloss Ragna doch so eine unvernünftige Unternehmung zu begehen.

Ohne Bobfried und bewaffnet mit einem Päckchen Zigarillos der Marke *Benecke* verließ sie ihre Wohnung und wagte sich auf einen kleinen Spaziergang. Von Unruhe gepackt schlenderte sie Musik hörend und Zigarillos paffend in der Umgebung durch die Botanik, indes sich die Gedanken in ihrem Kopf weiter ineinander verknoteten wie Kopfhörerkabel in einer Jackentasche.

Inzwischen beim sechsten Zigarillo angekommen, läutete ihr Mobiltelefon aka Musikspender und mit einem Klick am Mopped des Kopfhörerkabels kam sie Narios Kontaktbestreben entgegen.

»Oh Gott, Ragna! Stellan hat mir gerade von dem Kram berichtet. Geht es euch gut?!«

»Uns ist nichts Schlimmeres passiert als feuchte Höschen.«

»Und der Vorfall mit der von Liszt?!«

Die Gotin rollte mit den Augen. »Was weißt du darüber?«

»Dass sie Dr. Forge angepflaumt hat und mit ihm einige Zeit nicht gerade ruhig gesprochen hat. Und natürlich von einem ihrer legendären Wutanfälle, die eines Klaus Kinskis würdig waren, nachdem ihr beiden schon abgerauscht seid. Sag mal, was geht da zwischen den beiden?!«

»Sie war die Unbekannte.«

»Du meinst die Unbekannte, mit der er auf ein Date gegangen ist, wozu du ihn überredet hast?!«

»Ja.«

»Autsch! Deswegen rauchst du also Zigarillos!«

»Was?! Wie kommst du denn darauf?!«

»Weil du sonst nicht so eine seltsame Atmung hast, wenn wir fonieren. Wenn es kein durch Zigarillos induzierter Vorgang ist, rate ich dir schleunigst einen Pulmologen aufzusuchen.«

»Mach dir nicht ins Höschen, Nario. Es ist nur ein Zigarillo.«

»Das macht es nicht besser. Du rauchst die Dinger nur, wenn es dir seelisch scheiße geht.«

»Also, erstmal raucht man die nicht, man pafft die! Die auf Lunge zu rauchen ist nicht zu empfehlen. Und zum anderen geht es mir nicht scheiße.«

»Und die Story mit der von Liszt?!«

»Die Zwei haben nicht mal Händchen gehalten.«

»Was ist dann los mit dir?!«

Ragna seufzte laut. »Du gibst wahrscheinlich keine Ruhe, solang ich nicht mit der Sprache rausrücke. Oder?!«

»Darauf kannst du Gift nehmen. Aber lieber kein Rodentizid. Da brauchst du ewig lang, bis du stirbst. Und ich hätte noch genug Zeit, dich zu finden und dich persönlich auszuquetschen. Und zu retten natürlich.«

Abermals rollte sie mit den Augen. »Du hast Glück, dass ich gerade keinen Nerv habe, zu diskutieren, und zu höflich bin, um einfach aufzulegen.«

»Und weil du mich liebst.«

»Und weil ich dich liebe.«

»Jetzt sag schon, was der Anlass deines Kummers ist.«

»Es ist kein Kummer im eigentlichen Sinne. Mehr so eine dezent verzweifelte Irritation meines diffusen Gedankenkonglomerats.«

»Ragna, meine Königin der Dunkelheit … Was ist passiert?«

Wieder ein Seufzen der Gotin, gefolgt von einer langen Pause. »Forge und ich haben uns eben geküsst und …«

»Das ist doch famos! Du bist doch nicht wieder wegen meiner unsinnigen Schwärmerei bekümmert?! Du solltest das genießen.«

»Hab ich ja versucht! Deswegen wollte ich ihn mit Zunge küssen. Aber da hat er sich verabschiedet mit dem Vorwand, unter die Dusche zu müssen und frische Klamotten zu besorgen.«

»Und deswegen machst du dir jetzt einen Kopp?! Ich halte das nicht mal für eine Ausrede, sondern für die Wahrheit. Wer macht schon gerne rum, wenn er vorher eine unfreiwillige rote Dusche bekommen hat?!«

»Ja … möglich. Aber mich tangiert es viel mehr, dass es mich überhaupt und so viel tangiert!«

»Also quasi eine Tangierception … Kannst du es jetzt endlich zugeben, dass du ihn liebst?!«

Aus Ragna sprudelte ein verächtliches Schnauben. »Ja, ja. Ich liebe ihn.«

»Na endlich! Dann sag es ihm.«

»Einen Teufel werde ich tun! Und gut ist.«

»Okay, okay. Ich war zu voreilig. Da arbeiten wir noch dran. Es ist ja schon mal ein großer Fortschritt, dass du es zugibst. Aber … Sag mal, können wir uns morgen sehen? Also, du, Dr. Forge und ich?«

»Kommen wir nun zu etwas völlig anderem …«

»Keine Sorge, Liebes, ich misch mich nicht ein. Du brauchst also nicht mit Monty Python-Zitaten um dich zu werfen, um deine Unsicherheit zu kaschieren.«

»Es ist weniger Unsicherheit, als vielmehr eine böse Vorahnung. Also, was hast du vor?«

Die Skepsis in Ragnas Stimme war deutlich zu hören.

»Nichts, was dich in Verlegenheit bringt. Versprochen! Du brauchst da einfach noch etwas Zeit. Es geht um diesen komischen Shining-Carrie-Vorfall von heute.«

»Und das kannst du nicht mit uns per Videokonferenz oder ganz old school per Telefon besprechen?«

»Nein. Ich muss euch da auch was zu zeigen. Das müsst ihr in natura sehen. Könnt ihr?«

»Ich hab morgen einen Termin beim DGB-Arzt wegen der Gehirnerschütterung. Forge wollte mich fahren. Ich frag ihn mal, ob es danach klappt.«

»Sehr gut. Danke. Und jetzt hör auf zu rauchen.«

»Ja, ja.«

»Werd nicht frech. Ich hab Werner auch gesehen«, lachte Nario.

»Bis morgen.« Ragna grinste regelrecht ins Telefon.

»Bis morgen. Und tu nichts, was ich nicht auch tun würde. Also, wenn du ihn unbedingt heute noch vernaschen willst, dann lass ihn die Arbeit machen. Schließlich bist du verletzt.«

»Gut, dass du das sagst! Ich hätte ihn jetzt die ganze Nacht durchgeritten.«

»SO kenn ich mein Mädchen.«

»Du mich auch, Nario!«

Kaum hatten sie das Telefonat beendet, ließ sich Ragna an einer Bank hinter ihrem Haus nieder und zündete sich einen weiteren Zigarillo an.

Track 16 - Was stimmt mit dir nicht?!

Sonntag, 19. April 2020, 17:13

Eine Weile paffte Ragna vor sich hin, lauschte weiter der Musik und sinnierte über Forge. Plötzlich wurde sie aus den Gedanken gerissen, als eine männliche Gestalt sie sanft an der Schulter berührte und ihren Namen sagte.

»Cosmo!«, entfleuchte es der Gotin verwundert.

»Hey, darf ich mich zu dir setzen? Natürlich mit genug Abstand.«

Der junge Adonis lächelte unsicher, bevor Ragna nickte.

»Sicher. Aber ich nehme an, du bist nicht durch Zufall hier. Oder?!«

»Du hast Recht. Ich hab eben von dem Aufzugvorfall am Institut gehört und wollte wissen, wie es dir geht.«

»Dir ist schon klar, dass es sowas Magisches wie Telefone gibt.«

»Ich hörte davon. Doch ich musste feststellen, dass sie sinnlos sind, wenn die Person, die man erreichen will, selber telefoniert.«

»Touché!« Daraufhin grinste die Gotin neckisch. »Aber du wohnst am anderen Ende der Stadt. Mir eine Nachricht zukommen zu lassen wäre mit weniger Aufwand verbunden.«

»Ich habe mir ein Taxi gegönnt.«

Ein kleines Lächeln huschte über Ragnas Antlitz. »Das ist wahrlich nicht nötig. Und ja, Forge und mir geht es gut.«

»Ist das so?!« Cosmo deutete auf den Zigarillo in ihrer üppig beringten Hand.

»Sagen wir mal so: die letzten Tage vorm Urlaub waren doch etwas stressiger als gedacht.«

»Ja … Dr. Forge hat mir von dem Überfall erzählt. Das hätte dir nicht passieren dürfen.«

»Forge hat was?! Dieser Bastard!«

»Hey, Ragna, es ist kein Grund sich zu genieren, nur weil selbst dir sowas passiert. Kampfsporterfahrung schützt nicht vor allem.«

»Offensichtlich. Vor allem, wenn man selber einen wichtigen Sinn mit exquisiter Musik beschallt, statt diesen zum Erkennen von Verdächtigen zu nutzen«, murrte die Gotin zähneknirschend im Ärger über sich selbst, insbesondere weil sie genau diesen Fehler gerade erneut begangen hatte. Auch wenn es diesmal eine weniger unerfreuliche Überraschung war.

»Sei nicht so streng zu dir. Das macht dich nicht weniger zu einer starken Frau.«

»Pffft«, schnaubte sie sichtlich verstimmt.

»Ich bin nur froh, dass du es gut überstanden hast.« Cosmo versuchte mit extra sanften Worten ihren Groll über sich selbst zu mindern.

Daraufhin verzog Ragna erbost ihre Augenbrauen. »Kein Grund mit mir zu reden, als ob ich eine Mimose wäre.«

In Abwehr hob der Student die Hände und lächelte verunsichert. »Sorry. So war das nicht gemeint.«

Mit grimmig verkniffenem Mund drückte sie ihren Zigarillo aus, um sich direkt den nächsten anzuzünden.

»Tut mir leid, dass ich gerade so unleidlich bin.«

»Schon gut … Hat … Hat es etwas damit zu tun, dass du heute mit Dr. Forge im Institut warst?«

Nun kräuselte sie sichtlich konfus die Augenbrauen. »Wieso?«

»Na ja, ihr habt beide seit Freitag Urlaub … Und es ist Sonntag … Ist schon etwas seltsam, dass ihr trotzdem am Arbeitsplatz wart.«

Daraufhin verfinsterte sich Ragnas Mimik erneut. »Beim Überfall habe ich meine Lieblingskette verloren, und weil ich sie gestern nicht gefunden hatte, wollte ich nochmal suchen. Da hat sich Forge als zusätzliches Paar Augen angeboten. So ominös ist das gar nicht.«

»Dr. Forge und so hilfsbereit?! Das ist schon ziemlich strange.«

»Eigentlich nicht. Zu Leuten, denen er gewogen ist, ist er immer sehr zuvorkommen.«

»Ist das so?!«

»Dein Ton gefällt mir nicht. Rück damit raus, was du eigentlich sagen willst oder unterlasse solche Andeutungen.«

Cosmos Blick sank zu Boden und er seufzte hörbar, während er nervös mit den Fingern spielte.

»Du sollst wissen, dass ich die Gerüchte um euch nie geglaubt habe, aber …«

»Aber was?«

»So innig wie ich euch gestern gesehen habe …«

Ragna verschränkte die Arme und rollte mit den Augen, während sie simultan einen absichtlich exorbitant frustrierten Seufzer von sich gab. »Ich habe diese verdammte Stelle bekommen, weil ich die besseren Qualifikationen besitze. Mein Konkurrent hatte nicht mal einen Doktortitel!«

Cosmo schaute sie immer noch unsicher an, blieb aber stumm.

»Er hat sich mir gegenüber immer tadellos verhalten.«

»Ach komm schon! Du würdest es nicht mal merken, dass dich jemand angräbt, wenn er sich nackt mit einer roten Rose im Mund auf deinen Schoß setzten würde. Mein Liebesgeständnis hat dich ja auch total überrascht«, entgegnete der Student ungewohnt grantig.

»Geht es dir darum?! Dass ich dich abgewiesen habe?«, murmelte Ragna, bevor sie an ihrem Zigarillo saugte, als ob sie beim Lungenfunktionstest die Instruktionen falsch verstanden hätte.

Für einen Moment blieb Cosmo schweigsam. »Hast du mich wegen Dr. Forge verschmäht?!«

»Cosmo, ich habe dich abgewiesen, weil ich nicht solche Gefühle für dich hege. Damit hat Forge nichts zu tun.«

»Auch nicht, weil ich eure SHK bin?«

»Auch nicht deswegen. Es gibt keinen anderen Grund. Und schon gar nicht Forge!«

Cosmo seufzte, fuhr sich mit der Hand durch seinen trendy in Form gegelten Haarschopf und rang sich weitere Worte ab: »Wieso er? Warum ziehst du ihn mir vor?«

»Sag mal, rede ich Finnisch?! Forge hat nichts damit zu tun, dass ich keine romantischen Gefühle für dich habe!«

Jetzt sprang er auf und stemmte die Hände in die Hüften.

»Das glaubst du doch wohl selbst nicht! Es ist doch offensichtlich, wie ihr euch anschmachtet!«

Ragna holte tief Luft, ehe sie ihrer berüchtigten spitzen Zunge alle Ehre bereitete. »Zwischen Forge und mir läuft nichts. Und selbst wenn wir etwas miteinander hätten, so wäre es völlig sinnfrei, uns sonntags am Arbeitsplatz zu vergnügen. Außerdem: Er würde wegen irgendwelcher amourösen Gefühle keine Stelle besetzen. Du magst von Forge nichts halten, aber dir dürfte klar sein, dass er über eine hohe moralische Integrität verfügt und ihm die Arbeit sehr wichtig ist. Zudem hat er nicht allein über meine Einstellung entschieden. Mal abgesehen davon, dass dich mein Liebesleben nichts angeht! Ich bin verdammt nochmal deine Chefin und wenn ich mich quer durchs Institut vögeln würde, hat dich das nichts anzugehen, solang du nicht einer der Bevögelten bist!«

»Ach komm schon, Ragna!«

»Was, Ragna?! Du bist ein hübscher Kerl und es gewohnt, dass du die Weiber leicht rumkriegst. Aber das ändert nichts an den Tatsachen: ich empfinde nichts für dich und es geht dich verdammt nochmal auch NICHTS an, ob und für wen ich etwaige Gefühle hege oder nicht.«

Cosmo schnaubte verächtlich und stierte sie mit durchstechendem Blick an.

»Du solltest jetzt gehen. Ich rate dir, dich von mir fernzuhalten und sämtliche Arbeitsangelegenheiten mit Forge zu klären, denn bei mir hast du jetzt verschissen«, murrte die Gotin, während sie den vor ihr stehenden Mann mit zu Schlitzen gepressten Augen zu durchbohren schien.

Aber der Student schüttelte nur den Kopf. »Ich gehe erst, wenn du zugibst, dass es wegen Forge ist.«

Ragnas Blick verdunkelte sich. »Es gibt nichts zuzugeben.«

Für einen Moment starrten die zwei sich wütend an, bis Ragna ihren Zigarillo ausdrückte und zischte: »Wenn du nicht gehst, werde ich es tun. Diese Unterhaltung ist zu Ende!«

»Oh nein!«, fauchte Cosmo, als sie regelrecht von der Bank aufsprang und er sie am Handgelenk packte. Doch anstatt sich zu befreien, sackte Ragna von Schwindel überrascht leicht zusammen. Diesen Moment der Schwäche nutzte Cosmo, packte sie am anderen Handgelenk und zog sie zu sich hoch.

»Was ist nur los mit dir?!«, keuchte die Gotin, während sie ihm entsetzt in die Augen schaute und versuchte, ihr Knie in sein Gemächt zu rammen.

»Gib es schon zu«, zischte Cosmo lediglich, nachdem er ihren Angriff pariert hatte und seinen Griff verstärkte.

Just in diesem Moment riss Forge den erbosten Studenten von ihr los und fing die geschwächte Ragna ab, damit sie sich nicht sogleich erdete. Während er sie auf die Bank setzte und sich vor ihr hinkniete, murmelte er beruhigend: »Geht es dir gut?«

Als Ragna antworten wollte, riss Cosmo Forge von ihr los und schlug mit der Faust in sein Gesicht. Dabei fiel Forge mit dem Hintern auf den Boden, konnte sich aber abstützen, sodass er nicht komplett umfiel.

Nun grinste er diabolisch und raunte ein »Danke«, wobei der Student verwundert seine Augenbrauen zusammenschob. Plötzlich sprang Forge auf und sein Grinsen wurde noch sardonischer.

»Danke, dass Sie mir die Legitimation dafür gegeben haben DAS zu tun, was ich schon seit Samstag tun wollte.«

Schließlich holte Forge zu einem kräftigen Schlag aus und beförderte damit Cosmo direkt zu Boden.

»Na los, stehen Sie auf und kämpfen Sie von Angesicht zu Angesicht. Oder können Sie es nur, wenn Ihr Gegenüber unachtsam ist?!«

Forges Hände ballten sich zu Fäusten und waren zum Kampf erhoben.

»Ich wollte Ihnen schon so lange eine in die Fresse hauen! Seitdem mir klar war, dass Sie an Ragna interessiert sind!«, knurrte Cosmo, ehe er zum Angriff ansetze.

Nach ein paar Schlägen zwischen den Männern landete der Student wieder auf dem Boden. Forge stellte sich vor ihn und blickte verächtlich auf ihn herab. »Verschwinden Sie besser jetzt, bevor ich Ihnen den Kiefer breche, Mr. Wakefield!«

Schwer atmend und mit weitaufgerissenen Augen blickte Cosmo hoch, ehe er sich mit den Worten »Das ist noch nicht vorbei!« aufrappelte und provokant langsam davon schlenderte.

Nun wandte sich Forge erneut zu Ragna, die immer noch mit Schwindel geplagt, aber mit verstörtem Blick auf die Szenerie starrte.

»Geht es dir gut?«, erkundigte sie sich leise, während sich langsam ihre Augen von dem sich entfernenden Cosmo lösten. Forge ließ sich neben ihr auf die Bank nieder und lächelte.

»Das wollte ich dich gerade fragen. Du siehst aus, als ob dir schwarz vor Augen war.«

Er legte vorsichtig einen Arm um sie, während sie nur schwach lächelte und schweigend nickte.

Track 17 - Speicheleinheiten

Sonntag, 19. April 2020, 18:06

Mit einem Eisbeutel in der Hand saß Ragna Forge auf ihrem schwarz-rot gestreiften Sofa gegenüber, während Bobfried mit großen Augen seinen Kopf auf seinen Schoß gelegt hatte und ihn besorgt anblickte.

Die große Eckcouch fügte sich organisch in Ragnas Wohnung, deren Wände überwiegend in Weiß gehalten waren, wobei in jedem Zimmer eine Wand in einer ihrer Lieblingsfarben schwarz oder rot gestrichen war. Im Wohnzimmer war es eine schwarze Wand, die sich gegenüber des mit Totenschädeln verzierten Couchtisches erstreckte und den Fokus weniger auf den Fernseher in der Mitte führte, sondern mehr auf die zwei roten Regale daneben. Im rechten waren sämtliche Spielekonsolen aufgebahrt, die jedes nerdige Herz höherschlagen ließ. Das linke Regal war mit den dazugehörigen Spielen gefüllt, wobei diese feinsäuberlich nach Alter der Konsole und innerhalb dessen nach Art des Spieles strukturiert waren. Eine Sortierung, die Forge vor wenigen Monaten vorgenommen hatte und die tatsächlich mehr oder weniger im Zustand der Ordnung verblieben waren. Neben dem Sofa, auf dem sich die beiden befanden, hatte noch ein großes, schwarzes Bücherregal Platz gefunden. Darin wurden neben Graphic Novels vor allem Fachbücher der Kriminologie, Soziologie und Psychologie aufbewahrt.

Als die Gotin den Eisbeutel sachte an Forges Stirn presste, zuckte er kurz zusammen, blieb aber still.

»Ich wusste gar nicht, dass du dich so gut prügeln kannst«, lächelte sie.

»Ich war ein Teenager auf dem Land, der auf dem Bauernhof seiner Eltern mithelfen musste. Oft war es das einzige Vergnügen, das wir hatten.«

»Ihr habt euch gegenseitig aus Spass verprügelt!?«

»Ich schon. Also, später. Du musst dir vorstellen, wie es für jüdische Bauern in einem Forchheimer Dorf gewesen ist. Da gab es genug jugendliche Dorftrottel, die das als Anlass sahen, sich aufzuspielen. Erst haben sie nur mich verdroschen, aber als sie sich an meinen kleinen Brüdern zu schaffen machen wollten, musste ich was tun. Und irgendwie wurde das für mich eine willkommene Abwechslung, auch den Schikanierten jenseits meiner eigenen Mischpoke mit meinen Fäusten zu helfen.«

»Du hattest also damals schon diese ausgeprägte Moral und Beschützerinstinkt« stellte Ragna mit einem zufriedenen Lächeln fest. »Und, wie war es für dich, wieder die Fäuste zu schwingen?«

»Es ist wie Fahrrad fahren: man verlernt es nicht. Aber ich merke, dass ich nicht mehr so gelenkig bin wie als junger Bub.«

»Ja, ja, alter Mann.«

»Ich bin nur sechs Jahre älter als du!«

»Sechs laaaaange Jahre.«

»Wie ich sehe, hat sich dein Kreislauf soweit wieder erholt, dass du nicht nur meine Kratzer mit einer beängstigenden Inbrunst desinfizieren konntest, sondern dich jetzt wieder über mein Alter lustig machen kannst«, schmunzelte Forge.

Nach einem kurzen Schweigen murmelte Ragna verlegen »Danke«.

»Dafür, dass du deine sadistische Ader an mir ausleben durftest, als du die Wunden desinfiziert hast?!«

»Davon hast du längerfristig mehr als ich«, konterte sie, ehe sie schließlich ergänzte: »Ich danke dir, dass du den Kampf für mich übernommen hast.«

»Ich hatte damit gerechnet, dass du jetzt darüber lamentierst, dass du das alleine geschafft hättest.«

Nun seufzte sie. »So wie mein Kreislauf abgeschmiert ist, bin ich mir da nicht so sicher. Scheiß Gehirnerschütterung! Und spar dir bitte sämtliche Belehrungen, dass du es mir ja gesagt hast.«

Forge schüttelte den Kopf. »Du machst dich damit selber genug verrückt. Da muss ich nicht noch meinen Senf dazu geben. Außerdem … bin ich einfach froh, dass dir nichts Schlimmeres passiert ist. Und das, obwohl du so unvernünftig warst.«

Fragend kräuselte die Gotin die Augenbrauen.

»Du hast dich trotz ärztlicher Anweisung nach draußen begeben. Und du riechst nach deinen Zigarillos.«

Schließlich errötete sie und senkte das Haupt. Mit einer Hand hob Forge ihr Gesicht an, damit er ihr in die Augen schauen konnte, auch wenn sie seinem Blick auswich. »Tut mir leid, dass ich dich so stürmisch verlassen habe. Aber das rote Wasser wurde langsam richtig unangenehm an Stellen, die ich hier nicht näher ausführen möchte.«

Daraufhin lachte Ragna kurz auf. »Du bist so prüde.«

Forge lächelte für einen Moment, ehe er raunte: »Aber nicht zu prüde dafür.«

Schließlich gab er ihr einen Kuss auf den Mund, der zunächst unschuldig und ruhig war, bis er sie an sich ran zog und sich seine Zunge den Weg zu ihrer bahnte, sodass sie innig Speicheleinheiten austauschten.

Track 18 - Das Gedankenlabyrinth der Fehlinterpretation

Montag, 20. April 2020, 11:25

Nario war schon den ganzen Morgen unruhig. Also noch unruhiger als er es in den vergangenen Tagen ohnehin war. Stellan musste arbeiten, aber wäre vermutlich sowieso nicht seinen innigen Bitten nachgegangen ihn in die Gerichtsmedizin zu begleiten.

Tatsächlich hatte Nario mit dem Gedanken gespielt, sich krankzumelden. Aber sein Pflichtbewusstsein gegenüber den Toten, die für ihn ein Anrecht hatten, Gerechtigkeit zu erfahren, sofern sie eines gewaltsamen Todes gestorben waren, war stärker als seine Furcht. Oder auch sein Pflichtgefühl gegenüber den Angehörigen, die wissen wollten, woran ihre Liebsten letztendlich gestorben waren.

Allerdings half Nario der Gedanke, dass er später Forge und Ragna die seltsame Puppe zeigen konnte, die er am Vortag im Aufenthaltsraum gefunden hatte. Er hegte die Hoffnung, dass wenigstens sie seine Sorgen ernstnehmen würden, nach alldem, was ihnen selbst in den letzten Tagen widerfahren war.

Nario war sich noch unsicher, ob er ihnen von den anderen Beobachtungen berichten sollte, die er in den vergangenen Wochen gemacht hatte. Es waren schließlich nur Kleinigkeiten und er war so angespannt, dass er mit seinen knackigen Pobacken oder mit seinem verkrampften Kiefer über Nacht ein Stück Kohle zu einem Diamanten hätte pressen können.

Gleichzeitig erinnerte er sich aber an Ragnas Worte:

Manchmal wachsen unausgesprochene Kleinigkeiten zu einem monströsen Ungetüm heran, dass durch die bloße Aussprache seinen Schrecken verliert.

Oder ihren Ratschlag, die Dinge direkt anzusprechen, weil man sich schnell in seinem eigenen Gedankenlabyrinth verliert. Oder man etwas fehlinterpretiert hat, dass jemand anderes gesagt oder getan hat, und man ohne die falsche Deutung sich niemals so in seinen Gedanken dazu verirrt hätte.

Auch wenn der Versuch, das bei Sternchen zu beherzigen, bis dato nicht sonderlich gefruchtet hatte, so hatte es durchaus Momente gegeben, in denen ein Missverständnis und die damit verbundenen Überlegungen direkt aus seinem Kopf und aus der Welt geschaffen werden konnten.

Ob seine Gedanken sich diesmal so leicht auflösen ließen oder doch herauskommen würde, dass er langsam dem Wahnsinn verfallen würde, war eine weitere Befürchtung, die Nario mit sich trug.

Jedoch wollte er zumindest über diese seltsame Puppe sprechen, denn deren Existenz war schlichtweg nicht zu leugnen. Um dessen wirklich sicher zu sein, unterbrach der Gerichtsmediziner die Obduktion der Frauenleiche und wollte nachsehen, ob sich besagte Puppe noch in der abgeschlossenen Schublade seines Schreibtischs befand.

Zur Sicherheit hätte er sie auch mit nach Hause nehmen können, aber dafür fand er ihr debiles Grinsen zu gruselig. Nun schloss er sein Büro auf, schlüpfte nervös durch die Tür, verschloss sie direkt hinter sich und drehte sich zu seinem Schreibtisch.

Mit eiligen Schritten begab er sich dorthin und schloss die Schublade auf, ehe er beruhigt feststellte, dass die Puppe des juvenilen Grauens an Ort und Stelle war.

Allerdings war noch etwas anderes in besagter Schublade, was die vorangegangene Erleichterung instant wie ein schwarzes Loch ins Nichts absorbierte.

Auf dem rothaarigen Albtraum aller Kinder lang ein Geäst, das mit Schnüren zu einer simplen Form gebunden war. Dabei handelte es sich um einen Ast, an dem aus irgendeinem Grund an beiden Enden jeweils ein weiterer Ast gebunden war.

Als er sich dessen bewusst wurde, was das Auffinden dieses Gestrüpps für sein Sicherheitsempfinden bedeutete, entglitt ihm vor Schreck der Schlüssel. Gleichzeitig griff Nario mit zittrigen Händen direkt in die Tasche seiner Robe der Weisheit. Was auch immer das zu bedeuten hatte, aber Stellan musste darüber informiert werden.

Track 19 – Die Ritter, die immer sagen PI

Montag, 20. April 2020, 14:23

Gemeinsam mit Forge ging Ragna den Flur des sechsten Stocks entlang, als er sich dezent mürrisch erkundigte: »Was will uns wohl Dr. Malpighi so dringend zeigen?«

»Wenn ich das wüsste! Aber lass uns erstmal eruieren, weshalb die Kameras nicht mehr übertragen.«

Nun an ihrem Büro angekommen, starrten sie an die Decke, nur um sich dann gegenseitig verwundert anzusehen.

»Wo zum Teufel sind die Kameras hin?!«, fluchte die Gotin laut.

»Ich hol den Kaffeetisch aus dem Büro. Dann können wir das genauer betrachten«, meinte Forge, während er bereits die Tür des Büros aufschloss.

Nickend folgte ihm Ragna, lief aber direkt in ihn rein, als er plötzlich stehen blieb und nur »WTF« murmelte. Mit gerunzelter Stirn schaute sie erst Forge an, ehe sie seinem Blick auf ihren Schreibtisch folgte.

Darauf befanden sich Kameras. Das heißt, was davon übrig geblieben war; es waren ein paar vereinzelt liegende Elektrosegmente, die noch eindeutig als Überreste von Kameras zu identifizieren waren und von denen Ragna vermutete, dass es sich um die ihrigen handelte. Zudem befand sich darunter ein Zettel, auf dem etwas geschrieben stand.

Forge nahm einen Kugelschreiber von seinem Schreibtisch und holte aus einer der Schubladen eine Einmalkamera heraus. Diese warf er Ragna zu, die ihn verwundert fragte »Wieso hast du sowas in deinem Schreibtisch?«, bevor sie sich daran machte, diese urtümliche Gerätschaft anzuwenden und erste Fotos von der zerlegten Technik auf ihrem Schreibtisch zu machen.

»Man weiß ja nie …«

»Solltest du irgendwann im 21. Jahrhundert angekommen sein und ein Handy mit gescheiter Kamera besitzen, bräuchtest du dafür keine Einwegkamera«, stellte sie mit hämischem Grinsen fest.

Nachdem Ragna ein paar Fotos gemacht hatte, schob Forge vorsichtig ein paar Teile unter Zuhilfenahme des Stiftes zur Seite, damit ein Blick auf den Inhalt des Papiers ermöglicht wurde. Beide studierten konzentriert das, was sie da vor sich sahen: einen Haufen Zahlen.

Nach einigen Minuten der Stille hob sich Forges rechte Augenbraue und er deutete schließlich auf die erste Ziffer.

»Hinter der Drei befindet sich ein Komma.«

Verstehend nickte Ragna, schnappte sich ihr Mobiltelefon und zeigte es ihm nach ein paar Streicheleinheiten des Displays.

»Da hat tatsächlich jemand Pi ausgedruckt«, bestätigte er konfus.

»Ich würde sagen, wir schließen hier ab und sagen Stellan Bescheid.«

»Kapitale Idee. Aber melde dich kurz bei Dr. Malpighi, damit er nicht auf uns wartet.«

Ragna lächelte. »Du bist manchmal zu höflich für diese Welt.«

»Unfug!«, schüttelte er den Kopf und verschränkte die Arme.

Mit flinken Fingern navigierte sich die Gotin durch ihr Smartphone und nutze es für dessen ursprüngliche Aufgabe.

»Hey Stellan, ich stör dich nur ungern, aber wir haben hier im Institut etwas – ich sag mal – Obskures, was hier definitiv nicht dem üblichen Kram unseres bürolichem Panoptikums entspricht.«

»Im Büro? Bist du nicht krankgeschrieben?! Du warst doch beim Arzt, oder?! Ach, auch wenn nicht, ihr habt doch Urlaub! Na ja, warum wundere ich mich bei euch noch …«

»Danke, ich hab dich auch lieb. Ich erklär dir das später, okay?! Aber pass auf: Hier ist jemand eingebrochen und hat was auf meinem Schreibtisch hinterlassen. Ich weiß, es ist nichts, aber …«

»Kein Aber! Nachdem, was dir Freitag passiert ist, will ich nichts dem Zufall überlassen. Ich komm mit ein paar Leuten der SpuSi vorbei. Ihr beide wartet VOR dem Institut.«

»Du klingst ja schon so überfürsorglich wie Forge!«

»Hey!«, beschwerte ebendieser sich im Hintergrund.

»Er hat aber recht.«

»Wir wollten uns noch mit Nario treffen. Können wir auch dort warten oder bestehst du auf draußen?«

»Dann soll er auch rauskommen. Aber ihr bleibt nicht drinnen.«

»Ähm … Okay?! Also, dann … Bis später.«

Stirnrunzelnd legte Ragna auf, tippte geschwind eine Nachricht an Nario, als Forge murmelte: »Also bei mir hättest du dich mehr gewehrt, anstatt einfach der Aufforderung nachzugeben.«

»Was soll ich sagen, ich muss dringend zur Toilette. Beim Arzt wollte ich nicht gehen. Und da wir jetzt nicht zu Nario in die gerichtsmedizinischen Abgründe stiefeln … Warum muss ich mich eigentlich vor dir bezüglich meiner Kloentscheidungen rechtfertigen?!«

Auf Forges Antlitz machte sich ein verspieltes Lächeln breit. »Ich mache mir ein mentales Memo: Valo mit reichlich Flüssigkeit abfüllen, mindert ihr Bedürfnis zum Widerwort.«

»Deine andere Methode gefiel mir besser«, entgegnete Ragna und zwinkerte ihm zu, während er das Büro grinsend abschloss.

Schließlich gingen die zwei den Flur gen Foyer entlang und machten vor dem Damenklo Halt. Ragna drückte wortlos ihre mit Fledermäusen bedruckte Handtasche in Forges Hände und gab ihm einen Kuss auf die Wange, ehe sie entschwand.

Track 20 - Horror in Tennissocken

Montag, 20. April 2020, 14:33

In der Kabine angekommen, begutachtete die Gotin skeptisch den Lokus. Eigentlich waren die WCs hier recht sauber, dennoch wollte sie sich nicht direkt auf die Klobrille setzen. Aber einen Haufen Papier zum Bedecken dessen wollte sie auch nicht verschwenden. Also ließ sie ihre Hose herunter und begann einen regelrecht akrobatischen Akt, um ihren Unterleib gezielt über der Öffnung zu positionieren, ohne die Toilette selber damit zu berühren.

Ehe sie zufrieden mit ihrer Position war, flackerte plötzlich das Licht und ging schließlich komplett aus. Frustriert seufzte sie, stellte sich aufrecht hin und zog sich wieder an.

»Forge, das Licht ist ausgegangen! Ist ja wie in einem schlechten Horrorfilm!«, brüllte sie ein wenig amüsiert.

Sie wartete einen Moment auf seine Reaktion, doch statt seiner Stimme hörte sie Schritte, die langsam auf ihre Kabine zu gingen.

»Forge?«, flüsterte sie verunsichert, war sich aber bewusst, dass er niemals ein Damenklo betreten würde, sofern es nicht absolut notwendig wäre.

Jetzt ging das Licht wieder an und Ragna erkannte durch den Spalt unter der Kabinentür einen Menschen.

Aber statt der schicken, schwarzen Lederschuhe im Budapester Stil, die Forge zu tragen pflegte, waren es kotbraune Bergsteigerschuhe mit weißen Tennissocken. Für einen Moment war sich Ragna nicht sicher, was grusliger war: die Tatsache, dass ein Fremder vor ihrer Kabine stand, oder diese Schuhe, die jedem Menschen mit nur einem Minimum an ästhetischem Empfinden bereits beim Anblick eine Welle des Entsetzens durch den Leib jagte. Und dann auch noch mit weißen Tennissocken! Was sogar sie, die sich nicht um Mode scherte, mit Abscheu erfüllte.

Bevor sie sich entscheiden konnte, was grauenhafter war, schlug besagter Bergsteigerschuhträger mit einer Axt auf die labile Kabinentür ein und steckte seinen Kopf in den daraus induzierten Spalt. Das Antlitz dieses Menschen war mit einer Jack Nicholson-Maske verdeckt, doch der wütende Blick desjenigen, der sich darunter verbarg, war deutlich zu erkennen.

Mit verstellter Stimme knurrte er »Hier ist Johnny!«, rechnete aber nicht damit, dass Ragna die Gunst der Stunde nutzte, um ihm mit den Fingern in die Augen zu piksen und die nahebefindliche Klobürste dazu benutzte, ihm ebendiese ins Gesicht zu rammen.

Schmerzerfüllt ließ der Aggressor die Axt fallen und taumelte etwas nach hinten, was es ihr ermöglichte, unter der Kabine hindurch die Axt zu greifen und die Tür mithilfe ihres Beines aufzustoßen.

Mit einem gekonnten Tritt ins Gemächt des Maskierten setzte Ragna noch einen drauf. Während sich der gepeinigte Angreifer schmerzerfüllt krümmte, stieß sie ihn Richtung Klotür und drückte sein Gesicht so fest in den von der Axt entstandenen Spalt, dass er schließlich darin stecken blieb.

Gerade, als Ragna ihm noch mit Schmackes einen Tritt in den Podex verpassen wollte, vernahm sie ein Röcheln aus dem Flur.

Track 21 – Die drei Kriminolusketiere

Montag, 20. April 2020, 14:36

Mit den Händen in den Taschen vergraben und Ragnas Handtasche um die Schulter gelegt, stand Forge vor dem Damenklo, als er sie daraus rufen hörte.

»Forge, das Licht ist ausgegangen! Ist ja wie in einem schlechten Horrorfilm!«

Er grinste und wollte gerade darauf reagieren, als plötzlich das Licht im Flur flackerte. Im nächsten Augenblick wurde Forge von hinten niedergeschlagen und ging direkt zu Boden.

Kaum hatte er sich umgedreht, setzte sich ein Mensch in einem hautfarbenen Kostüm auf seinen Brustkorb und nutze dabei seine Beine, um Forges Arme auf den Boden zu drücken. Das Gesicht des Angreifers war durch ein Netz in der Verkleidung unkenntlich gemacht, welche sogar über seinen Kopf hinausragte und nur erahnen ließ, dass sich darunter ein Mann verbarg.

Ohne ein Wort zu verlieren, nutzte der kostümierte Mensch das Überraschungsmoment und begann damit, Forge zu würgen. Obwohl er alle Kraft gegen den Angreifer aufwandte, konnte er in dieser Position nichts Signifikantes ausrichten, um sich zu befreien.

Nun kam Ragna aus dem Damenklo gestürmt, sah das Geschehen und versuchte, den Angreifer zu tacklen.

Als das nicht gelang, sprang sie auf dessen Rücken und nutzte den Griff der Axt, um ihn damit zu würgen.

Auf einmal polterte der Mann, der mit der Maske so aussah, als hätte man Jack Nicholson bei Wish bestellt, aus dem Damenklo und sprang auf Ragna. Damit riss er sie sowie den kostümierten Aggressor von Forge, welcher sich keuchend aufraffen wollte.

Bevor er sich nur einen Zentimeter bewegen konnte, stellte sich der Maskentyp vor ihn und drückte mit seinem klobigen, urhässlichen Bergsteigerschuh in Fäkalfarbe auf dessen Kehle. Ragna versuchte sich zwischenzeitlich ebenfalls aufzurappeln, wurde aber direkt vom Kostümigen niedergerungen.

Schließlich ließ der Mensch mit der Maske von Forge ab, als Nario ihm ein Skalpell mit voller Kraft in den Oberarm schmetterte. Mit unerwartetem Elan zog der Gerichtsmediziner den Mann von Forge weg, während er dabei das Skalpell aus dem Arm herausriss und ihn damit bedrohte.

Dieser nutzte die Zeit, um sich schwankend aufzuraffen und auf den Mann im rosa Kostüm zu stürzen. Das ermöglichte Ragna wiederum, mit dem Nacken der Axt ihren Angreifer in die Seite zu stupsen und von sich runterzuwerfen.

Inzwischen in der Unterzahl, beschlossen die Delinquenten eine Flucht einzuleiten, rannten ins Foyer und verschwanden im Treppenhaus.

Während Nario noch bis zur Tür hinterherlief, half Forge Ragna auf und erkundigte sich nach ihrem Befinden.

»So weit. Und dir?« keuchte sie völlig außer Atem.

Statt ihr zu antworten, umschloss Forge ihr Gesicht mit seinen Händen und küsste sie.

Track 22 – Das ist nur ein Kratzer!

Montag, 20. April 2020, 15:33

Wie drei ungezogene Schüler, die zum Direktor gerufen wurden, um sich eine Standpauke anzuhören, saßen Nario, Ragna und Forge auf einer Bank im Foyer unweit des Tatorts.

Vor ihnen stand Stellan, der sich gedankenversunken den roten Bart kraulte, während er das Geschehene zusammenzufassen versuchte.

»Also, Ragna und Dr. Forge waren auf dem Weg nach draußen, als Ragna das Klo aufsuchte. Als du dann in der Kabine warst, schlug ein maskierter Mann mithilfe einer Axt die Tür ein und murmelte ein Filmzitat. Daraufhin hast du ihm in die Augen gepikt, ihm mit einer Klobürste die Fresse poliert und sich seiner Axt bemächtigt, ehe du ihn mit dem Kopf in der zerstörten Tür fixiert hast, aber bevor du in den Flur ranntest. Im Flur wurde Dr. Forge von einem Typen im Peniskostüm …«

»Es war ein Nacktmullkostüm.«

Zeitgleich drehten sich Ragna und Nario zu ihm und entgegneten im Chor der Übereinstimmung: »Das war ein Penis!«

»Wieso sollte ein Mensch im Peniskostüm durch die Gegend laufen?!«

»Wieso sollte ein Mensch im Nacktmullkostüm durch die Gegend laufen?!«, meinte Ragna, ehe Nario ergänzte: »Ich erkenne einen Penis, wenn ich einen sehe. Und das war eindeutig einer!«

»Wie dem auch sei«, grätschte Stellan dazwischen, »ein Mann in Penis- ODER Nacktmullkostüm.«

Forge nickte zufrieden.

»Also, der hat Sie, Dr. Forge, von hinten niedergeschlagen und sich auf Sie draufgesetzt, um Sie zu würgen. Dann kam Ragna aus dem Damenklo und versuchte, den Mann von Ihnen runter zu kriegen. Als das nicht gelang, sprangst du, Ragna, auf den Rücken des Angreifers und hast versucht, den Menschen mit dem Griff der Axt zu würgen. Dann kam der Maskierte aus seinem Klogefängnis und hat euch beide von Dr. Forge runtergerissen. Und schließlich hatte der maskierte Mann seinen Schuh auf Dr. Forges Kehle gedrückt und Ragna mit dem Riesenpenis gerungen.«

»Nacktmull!«

»Von mir aus. Dann kam Nario, verletzte Masken-Johnny mit dem Skalpell und hielt ihn in Schach. Dabei hat Dr. Forge den Nacktmullpenismann von Ragna runtergerissen und schließlich haben die beiden das Weite gesucht und sind zum Treppenhaus gerannt. Alles soweit richtig?«

Schweigend folgte ein kollektives Nicken der drei.

Stellan verzog nachdenklich die Stirn, als ihn einer von der Spurensicherung ansprach. So entfernte sich der Kriminalkommissar von ihnen, um mit dem Mann im Ganzkörperkondom über die bisher gesicherte Spurenlage zu sprechen.

Nario warf ihm einen Blick zu, ehe er sich flüsternd an Forge und Ragna wandte: »Ich habe ihm gesagt, dass noch mehr passieren würde. Deswegen wollte ich euch sprechen.

Mir sind in letzter Zeit immer wieder komische Dinge passiert. Zum Beispiel hat jemand eine meiner Leichen wie Freddy Krueger angezogen. Und gestern fand ich eine seltsame Puppe im Aufenthaltsraum. Stellan hält mich für paranoid, aber bei dem, was Ragna Freitag oder euch gestern passiert ist …«

Er seufzte, während die Gotin seine Hand nahm und sie drückte, ehe Stellan wieder zu ihnen kam.

»Ragna, Dr. Forge, einer meiner Leute bringt euch ins Krankenhaus. Nur zur Vorsicht.«

»Das ist sehr zu vorkommend, aber ich kann fahren«, entgegnete Forge.

»So lang Ihr Weg ins Krankenhaus führt, spricht von meiner Seite nichts dagegen. Und Nario, ich bring dich nach Hause.«

Im letzten Satz schwang so viel Besorgnis mit, dass Narios Augen sich befeuchteten und er nur mit schmalen Lächeln nicken konnte. Daraufhin umarmte Ragna ihn und raunte: »Wir reden später weiter.«

Kaum hatten Ragna und Forge das Foyer verlassen, setzte sich Stellan neben den Gerichtsmediziner. Er seufzte und blieb für einen Moment stumm.

»Es tut mir leid. Ich hätte deine Sorgen ernst nehmen sollen.«

Mit einem verzweifelten Lächeln blickte Nario ihn an, doch Stellan starrte nur auf den Boden. Gerade, als der Gerichtsmediziner antworten wollte, schwang die gläserne Tür des Foyers auf und es waren die unheilverheißenden Geräusche von hohen Absätzen auf PVC-Boden zu vernehmen.

»Herr Turunen, ich wurde informiert, dass es hier wieder einen Vorfall gab. Was können Sie mir dazu sagen?!«

Stellans ohnehin durchdringender Blick verfinsterte sich und schien Lydia damit zu durchbohren.

»Es ist wahrlich nicht nötig, dass Sie sofort ins Institut kommen, nur weil hier was passiert.«

»Das sehen Sie so. Aber darum geht es nicht. Also, was ist passiert?«

Nun raffte sich der Kriminalkommissar auf, sein Antlitz noch finsterer als Ragnas Kleidungsstil. »Ich werde Sie schon rechtzeitig informieren«, knurrte er, ehe er trotz Lydias lauten Einwänden mit Nario an ihr vorbeiging und sie zeternd zurückließ.

Track 23 – Ein Titel, der nichts mit dem Kapitel zu tun hat

Montag, 20. April 2020, 16:23

Nachdem Forge sowie Ragna medizinisch untersucht und verarztet worden waren, saßen sie in seinem Oldtimer und waren auf dem Weg zu ihrer Wohnung. Beide tauschten sich über die Behandlung im Krankenhaus aus, als die Gotin plötzlich schmunzelte. »Lustigerweise hatte ich heute den gleichen Arzt wie Freitag.«

Für einen kurzen Moment wurde Forges Griff um das Lenkrad fester.

»Er hat mich übrigens gefragt, ob mein Arbeitskollege mir seine Visitenkarte gegeben hat«, fügte sie mit einem Lächeln hinzu, aber mit den Augen auf ihn fixiert.

»Oh! Ja … Er hat sie mir am Freitag gegeben. Du hast ihm offenbar gefallen. Ich habe total vergessen, sie dir zu geben. Ich weiß allerdings nicht mehr, wo ich sie hingepackt habe.« Er presste sich ein Lächeln ab.

»Schon gut. Er hat sie mir nun selbst gegeben«, murmelte sie nachdenklich, während Forge das Auto vor Ragnas Wohnung stoppte und zum Parken ansetzte. Während er dabei war, minutiös und nahezu zwanghaft perfekt einzuparken, stoppte er bei ihrer Antwort abrupt. Nach einem Moment des Schweigens setzte er wieder zum Rückwärtseinparken an.

»Wirst du ihn wiedersehen?«

Nun stand das Vehikel und die Gotin öffnete lächelnd die Beifahrertür.

»Ich denke nicht. Oh! Was ist das?«

Im Bereich zwischen Fahrer- und Beifahrersitz lag ein Fetzen Papier, welcher in Forges sonst so unnatürlich ordentlich wie sauberem Auto auffiel. Noch bevor er sich des Blattes bemächtigen konnte, hatte es Ragna in der Hand und inspizierte das Stück sorgfältig.

Schließlich richtete sich Forge nach vorne und rieb sich mit zusammengekniffenen Augen seine Stirn.

»Du hast die Visitenkarte gar nicht verlegt!«

»Tut mir leid. Ich fand sein Verhalten unprofessionell und wollte …«

»Ist mir egal, was du wolltest! Sowas geht gar nicht!«

»Valo, es tut mir ehrlich leid.«

»Nur weil du erwischt wurdest. Es ist besser, wenn du nicht mit hoch kommst.«

Ragna stieg wütend aus dem Auto und schlug die Tür so fest zu, dass das betagte Vehikel bedrohlich vibrierte. Forge sprang eilig aus seinem Oldtimer und lief ihr hinterher.

»Valo, bitte!«

Sie drehte sich um, vor Zorn die Hände zu Fäusten geballt. Sie starrte ihn wortlos an und auch er blieb stumm. Nun wandte sie sich ab und verschwand in ihrem Haus.

In ihrer Wohnung angekommen, lehnte Ragna sich seufzend an die Tür und ließ sich zu Boden gleiten. Nun kam Bobfried zu ihr, wedelte fröhlich mit dem Schwanz und ließ sich von seinem Frauchen kraulen.

Als ob er wüsste, dass es ihr nicht gut ging, kuschelte er sich an sie und schaute sie mit den größten Augen seit Menschengedenken an. Ragna knuddelte ihren Hund, bevor sie ihr Handy aus der Tasche friemelte.

»Hey, Nario, geht es dir besser?«

»Oh ja. Der Schreck sitzt tief, aber es ist okay.«

»Tut mir leid, dass du gesehen hast, wie …«

»Das muss es wirklich nicht. Es war ein heilsamer Schock für mich! Genau das Richtige, um mein Herz wieder auf den rechten Weg zu bringen. Und ehrlich gesagt, war es auch ein schöner Anblick, euch so … irgendwie beseelt zu sehen. Zu sehen, wie gut ihr euch tut, hilft mir sehr dabei, meine leichte Schwärmerei abzulegen. Außerdem, so tragisch der Angriff auch war, so hat er Sternchens Herz erreicht. Auch das hilft mir, mich wieder auf unsere Liebe zu besinnen.«

»Heißt das, ihr habt euch – na ja, vertragen ist das falsche Wort, aber du weißt schon.«

Ragna hörte ihren Freund schmunzeln. »Ich weiß. Und ja, ich denke, wir nähern uns wieder an. Ich habe das Gefühl, dass wir jetzt unsere Krise gemeinsam als Paar bewältigen können. So sehr mich die Ereignisse beunruhigen, so haben sie doch etwas Gutes. Aber lass uns später darüber reden. Du sollst dir endlich Forge schnappen!«

»Ach Nario!«

»Kein Ach! Was ihr im Privaten macht, geht niemanden etwas an. Daher mach dir mal keine Gedanken über deine berufliche Reputation. Du leistest exquisite Arbeit, verfasst fantastische Papers, die von renommierten Fachzeitschriften publiziert werden und bist regelmäßig mit einem Vortrag auf Tagungen vertreten. Das erreicht man nicht, wenn man inkompetent ist! Und was das Institut betrifft … Das von Sternchen und mir interessiert ja auch keinen. Und wir sind verheiratet. Also gönn dir etwas!«

Ragna seufzte kaum hörbar.

»Wir hören uns später.«

Nun schmierte sie ein paar Mal auf ihrem Telefon herum, ehe sie es sich mit einem Biss auf die Unterlippe ans Ohr hielt. »Hey … Forge … Ich finde es zwar immer noch scheiße, dass du mir das vorenthalten hast, aber es tut mir leid, dass ich so aufbrausend war. Irgendwie machen mir die letzten Tage mehr zu schaffen, als ich mir eingestehen will.«

»Das kann ich gut verstehen. Ich weiß, dass du sonst nicht so schnell aus der Haut fährst. Du hast ein paar harte Monate hinter dir und jetzt noch die Angriffe. Und … Ich hab mich wie ein Depp verhalten. Ich werde dich nie wieder anlügen.«

»Das will ich hoffen«, raunte sie mit einem kleinen Lächeln.

Bevor sie noch etwas sagen konnte, wurde das Gespräch von einem Klopfen an der Tür gestört. Noch mit Telefon in der Hand, raffte sich Ragna augenrollend auf. »Einen Moment. Ein Nachbar will wohl was und klopft an der Tür.«

»Kein Problem. Ich warte.«

Ragna öffnete die Wohnungstür und lächelte überrascht. »Du?!«

Es war natürlich Forge, der grinsend vor ihr stand und um Einlass bat.

»Moment, ich muss eben noch ein Telefonat beenden«, lächelte die Gotin, ehe sie in ihr Handy »Sorry, ist wichtiger Besuch« sprach und auflegte.

Während Forge durch die Tür schritt und erstmal inbrünstig Bobfried begrüßte, lehnte sich Ragna an die Flurwand und lächelte erneut.

»Hast du die ganze Zeit gewartet?!«

»Ich bin eigentlich davon ausgegangen, dass du meine Anrufe wenigstens entgegennimmst.«

»Ich musste mich noch nach Nario erkundigen. Wie bist du überhaupt in den Hausflur gekommen?«

Forge erhob sich lächelnd von Bobfried, der schier entsetzt zu ihm hochschaute, als er die Streicheleinheiten beendete.

»Ob du es glaubst oder nicht, aber auch ich kann charmant sein.«

Ragna lächelte, während eine leichte Röte ihre Wange okkupierte. »Das weiß ich doch.«

Nun nahm Forge ihre Hände in die seinigen und lächelte zurück. »Da ich dir versprochen habe, dich nicht anzulügen, will ich dir auch sagen, dass ich die Visitenkarte auch vorenthalten habe, weil … Na ja, weil ich eifersüchtig war.«

Daraufhin wurde aus ihrer dezenten Röte ein Flächenbrand, der durch ihre blasse Haut betont wurde.

»Weißt du, ich bin Freitagabend nicht nur zurück ins Büro gekommen, weil ich dich mit der Arbeit nicht alleine lassen wollte«, begann Forge sichtlich nervös. Für einen kurzen Augenblick schwieg er. »Ich …«

Plötzlich ertönte jener generische Klingelton, der bei Menschen eines bestimmten Alters einen Pawlowschen Reflex der Nostalgie auslöste.

»Tut mir leid. Ich lass es klingeln.«

Während es so vor sich hin bimmelte, schwiegen sich die zwei händchenhaltend an. Als das Mobiltelefon verstummte, holte Forge tief Luft. Er wollte gerade beginnen, als nun Ragnas Smartphone mit dem Gedudel loslegte.

Unsicher schauten sich beide an, bevor Forge zähneknirschend meinte: »Es ist vermutlich kein Zufall, dass jetzt du angerufen wirst. Vielleicht solltest du rangehen.«

Mit unglücklichem Gesicht nickte sie, nahm ihr Handy und hob ab.

»Stellan, ist was …? Du willst Forge sprechen?!«

Beide tauschten verwunderte Blicke aus, während Ragna das Telefon an ihn weiterreichte.

»Herr Turunen, was gibt es?«

»Ich muss Sie ganz dringend sprechen.«

»Ich habe meine Aussage bereits getätigt. Kann das nicht bis morgen warten?«

»Nein. Es ist wirklich dringend.«

Forge seufzte. »Also gut. Ich komme in einer Stunde.«

»Ist nicht nötig. Ein Streifenwagen steht schon vor Ragnas Wohnhaus und nimmt Sie direkt mit.«

Und genau in dem Moment schellte es an der Tür.

Track 24 - Freundschaftliche Vernehmung

Montag, 20. April 2020, 16:59

Kurzdarauf stand Forge vor dem Polizeirevier und wartete geraume Zeit auf Stellan, der schließlich mit zwei Kaffeetassen vor die Tür trat.

»Gehen wir ein paar Schritte. Wenn wir draußen bleiben und genug Abstand halten, können wir auf das Mundhöschen verzichten«, sprach der Kriminal-kommissar und reichte Forge eine der Tassen, der diese nickend annahm.

Schließlich hatten sie sich ein paar Meter von dem Gebäude entfernt und befanden sich außerhalb der Hörweite.

»Ich danke Ihnen, dass Sie so schnell erscheinen konnten.«

»Ist ja nicht so, als hätte ich eine Wahl gehabt.«

Stellan zwang sich ein Lächeln ab, ehe er fortfuhr. »Vermutlich wird mich Ragna umbringen, wenn sie erfährt, dass ich mit Ihnen darüber spreche, aber als ein Freund …«

Forge unterbrach mit einer verächtlichen Wieder-holung der Worte »Ein Freund«.

»Wollen Sie mir einen weiteren Grund geben, Sie nicht zu mögen, Doktor?«

Forge verschränkte seine Arme und hob in seiner üblichen Manier die rechte Augenbraue.

»Ich schätze Ihre Direktheit und Offenheit. Sie

haben nie ein Hehl daraus gemacht, mich nicht zu mögen. Aber damit überschreiten Sie eine Grenze.«

»Und welche Grenze genau? Es ist ja wohl nicht verwerflich, wenn ich mich um eine Freundin sorge.«

Skepsis schwang in Stellans Stimme mit und er lieferte sich mit Forge ein episches Battle im Anstarren, wie es sonst nur zwei Nautilusse miteinander führen könnten.

»Eine Freundin?! Erzählen Sie das auch Ihrer Frau, dass Valo nur eine Freundin ist.«

»Wie bitte? Meiner Frau?!«

»Ich verstehe, dass Sie von Valo hingerissen sind. Aber was zwischen ihr und mir läuft oder auch nicht, geht Sie nichts an. Ich habe nicht vor, mich in Ihre Ehe einzumischen, aber ich erwarte von Ihnen, dass Sie sich hier raushalten.«

Nun lachte Stellan herzhaft und laut auf. »Sie wissen es echt nicht, oder?!«

Fragend runzelte Forge seine Stirn.

»Und ich habe Sie immer für einen homophoben Arsch gehalten! Dabei sind Sie nur ein Arsch!«

»Homophob?!«

»Ja, ich bin verheiratet. Mit einem Mann.«

Erleichtert atmete Forge auf und löste seine verschränkten Arme etwas.

»Sie kennen ihn sogar. Ich bin mit Nario verheiratet.«

Mit einer Hand fuhr sich Forge lachend durch die Haare.

»Und ich dachte immer, Sie beide schmachten Valo hinterher und könnten mich nicht leiden, weil ich so viel Zeit mit ihr verbringe.«

Nun grinste Stellan. »Und ich dachte immer, Sie sind seit Monaten so abweisend zu uns, weil Sie mitbekommen haben, dass wir verheiratet sind und Sie homophob seien. Vielleicht haben Sie sich nur so arschig verhalten, weil Sie eifersüchtig waren.«

»Ich bin mir ziemlich sicher, dass es daran liegt, weil ich ein Arsch bin«, entgegnete Forge grinsend.

»Da bin ich mir langsam nicht mehr so sicher … Aber … Ihnen ist immer noch nicht ganz klar, warum ich nicht gut auf Sie zu sprechen bin, oder?«

Mit einem Faltenwurf auf der Stirn, der einem Shar-Pei würdig war, blickte Forge Stellan an, ehe er immer noch sichtlich konfus murmelte: »Scheint so.«

»Nun, dann will ich es Ihnen verraten. Ich hatte Nario in Verdacht, dass er sich ein wenig in Sie verguckt hat.«

»Das kann ich mir beileibe nicht vorstellen. Ausgerechnet in mich?!«

»Ich hatte gehofft, dass ich mich irre, aber nach dem Vorfall von heute hat er mir gestanden, dass er tatsächlich etwas für Sie schwärmt.«

»Das tut mir leid.«

»Danke, aber ich glaube, es war nötig. Für unsere Ehe.«

Forge runzelte abermals die Stirn.

»Sehen Sie, es läuft seit einiger Zeit nicht so gut in unserer Ehe. Wir versuchen seit drei Jahren ein Kind zu adoptieren und es klappt einfach nicht. Wir gehen damit ganz unterschiedlich um. Ich habe mich zurückgezogen, darüber nicht gesprochen und ihn alleine gelassen. Ich verwehrte ihm sogar den Wunsch nach einer Paartherapie. Statt, dass wir diese Krise gemeinsam bewältigen, ließ ich ihn hängen und seine

Schwärmerei für Sie ist nun die Quittung.«

Besorgt kräuselten sich Forges Augenbrauen.

»Als Nario eben gesehen hat, wie Sie Ragna geküsst haben, hat es was in ihm ausgelöst. Und dieser Vorfall, so schrecklich er auch war, hat mir so deutlich vor Augen geführt, dass ich Nario verlieren könnte, dass ich es nicht mehr ignorieren konnte. Es hat mich quasi aus meiner Erstarrung gerüttelt und überhaupt ermöglicht, dass wir miteinander reden und vielleicht diese Krise gemeinsam bewältigen können.«

»Ich wünsche es Ihnen. Solche Situationen sind wahrlich beschissen.«

»Danke. Aber wir beiden wissen, dass ich Sie nicht deswegen hergeholt habe. Eigentlich ist mir nicht danach, über meine Eheprobleme zu sprechen und – Verzeihung – schon gar nicht mit Ihnen, Doktor. Aber ich glaube, Sie können mein Anliegen besser nachvollziehen, wenn Sie es wissen. Daher … Nachdem Nario und ich eben eines von vielen nötigen Gesprächen hatten, musste ich an Ragna denken, die ihm immer wieder die Unterstützung angedeihen ließ, die ich ihm verwehrt habe. Und das möchte ich ihr zurückgeben.«

»Und deswegen holen Sie mich von ihr weg?«

Stellan lachte auf. »Weil ich Sie dazu bringen will, ihr endlich Ihre Liebe zu gestehen. Ich krieg sie einfach nicht dazu, Ihnen ihre zu gestehen.«

Wieder runzelte Forge die Stirn, als ob das seine Neuronen zu einer Erkenntnis treiben könnte.

»Als Ragna Sie am Montag zu dem Date mit einer anderen überredet hatte, war sie völlig durch den Wind. Ich traf sie abseits des Instituts, wie sie ein Zigarillo nach dem anderen paffte.

Fragen Sie mich nicht wie, aber irgendwie habe ich aus ihr rausbekommen, dass sie Sie dazu überredet hat, um sich weiter einreden zu können, dass sie Sie nicht liebt. Was ihr ohnehin nur semi geglückt ist, aber jetzt war sie soweit, dass sie das gar nicht mehr verdrängen oder beschönigen konnte. Ehrlich gesagt ist es mir ein Rätsel, warum sie sich das nicht eingestehen wollte. Ich kann mir beileibe nicht vorstellen, dass es nur die Angst ist, einen Korb zu kriegen. Gerade jetzt im Lockdown wäre doch die Gelegenheit es Ihnen zu sagen. Und wenn Sie sie verschmähen, können Sie sich problemlos eine Weile aus dem Weg gehen. Vermutlich weiß sie selbst nicht genau, weshalb sie so seltsam mit ihren Gefühlen Ihnen gegenüber umgeht oder es ist tatsächlich dieses Klischee, dass sie Angst um die Freundschaft hat. Aber … Na ja … Wer bin ich schon, das zu verurteilen?!«

Ein bitteres Lächeln huschte über Stellans Gesicht, bevor er sich die Tasse zu Gemüte führte.

»Sie hat Ihnen gesagt, dass sie mich liebt?!«, wiederholte Forge ungläubig.

»Ja. Aber verraten Sie es nicht Nario. Wenn er wüsste, dass ich es vor ihm erfahren hab …«, lachte Stellan. »Also, gehen Sie und sagen Sie es ihr! Und bitte, sagen Sie ihr nicht, dass ich Ihnen das gesteckt habe.«

Forge lächelte verwegen. »Bestimmt nicht. Allerdings hatte ich das gerade vor, als Sie mich holen ließen.«

»Oh. Dann hab ich das ganze Gewese umsonst gemacht?!«

»Würde ich nicht sagen. Schließlich weiß ich jetzt, dass ich nicht auf Sie eifersüchtig sein muss, und Sie, dass ich nicht homophob bin.«

Stellan lachte erneut, diesmal so gelöst wie seit Langem nicht mehr. »Verraten Sie mir, Doktor, warum haben Sie es ihr noch nicht gesagt? Ist es wegen diesem Gerücht?«

»Die Wahrheit ist, dass ich es ihr schon eine Weile sagen wollte … Aber als ihr Vater an Prostatakrebs erkrankte, wollte ich sie nicht damit … Also, ich meine, wenn ich es ihr gesagt hätte und sie mich abgewiesen hätte …«

»Dann hätten Sie nicht für Ragna da sein können. Und sie hätte neben einem kranken Vater noch einen verliebten Arbeitskollegen, mit dem sie nicht nur eng zusammenarbeitet, sondern auch befreundet ist.«

»Exakt. Es ist ja nicht so, dass Valo niemand anderen hätte, aber …«

»Ich weiß, was Sie meinen. Sie waren oft für sie da und haben in der Zeit auch mal bei ihr auf dem Sofa genächtigt, damit sie nicht so alleine ist.«

»So ist es. Und jetzt, als die Nachricht kam, dass ihr Vater wieder genesen ist, drängte sie mich zu diesem Date. Ich wollte ihr erst sagen, dass ich nicht mit einer anderen ausgehen will, weil ich sie liebe. Aber …«

»Tja … Wenn sich die Frau in etwas verbissen hat, geht sie mit dem Kopf durch die Wand. Vermutlich wäre Ragna zu dem Zeitpunkt nicht empfänglich für ein Liebesgeständnis gewesen. Aber jetzt ist sie es.«

»Nun ja … Ich wollte es ihr Freitag sagen. Ich hab das Date abgebrochen, aber sie verletzt vorgefunden.«

»Ich kann jetzt besser verstehen, was Ragna und Nario an Ihnen finden, Doktor.«

Daraufhin grinste Stellan etwas verspielt, während Forge lachte.

»Dann haben Sie sicherlich nichts dagegen, dass ich ihr jetzt endlich meine Liebe gestehe. Oder?«
»Natürlich nicht. Einer meiner Leute fährt Sie zu ihr.«

Forge nickte, ehe die Männer gen Polizeirevier gingen.

Track 25 - Ein langer Gastrointestinaltrakt

Montag, 20. April 2020, 17:26

Gerade saß Ragna gebannt vor ihrem Laptop, der wie ein Heiligtum auf ihrem totenschädeligen Couchtisch aufgebahrt war, als sie das Schellen ihrer Haustür aus dem Konzept brachte. Sie und Bobfried eilten zur Tür, nur um kurz darauf Forge mit einem innigen Kuss zu empfangen. Also, er küsste sie, nicht den Hund.

»Hat Stellan deinen Kopf dran gelassen?!«, lächelte sie, als sie ihn eintreten ließ.

»Nein, ich musste ihn mir von Dr. Malpighi wieder annähen lassen.«

Ragna musterte seinen Hals und fuhr mit ihren schmalen Fingern über die Haut.

»Er hat gute Arbeit geleistet. Man sieht gar nichts.«

Beide grinsten kurz, bevor sie raunte: »Ich muss eben was am Laptop kontrollieren und dann will ich wissen, was du mir sagen wolltest und was Stellan von dir wollte.«

Forge nickte und folgte ihr ins Wohnzimmer, wo man direkt von der Tür aus auf das Gerät schauen konnte.

»Valo!«, rief er mit entsetztem Blick auf den Bildschirm und klappte ebendiesen runter, während sie überrascht, aber befürwortend meinte: »So zeigt man seinem Mann, dass man nur noch Augen für ihn hat!«

»Du bespannerst Dr. Malpighi und Herrn Stellan beim Liebesspiel!? Das schickt sich nicht!«

Ragna kicherte. »Gott bist du prüde.« Dann streichelte sie ihm mit einem dezent schuldbewussten Lächeln über den Oberarm. »Und nein. Ich habe nicht gespannt. Nario hatte mir geschrieben, dass er versteckte Kameras mit Bewegungsmeldern in der Gerichtsmedizin haben will. Also hab ich die Zeit, in der du weg warst, damit genutzt, mit ihm gemeinsam die Dinger anzubringen. Das hat Nario wohl im Eifer des Gefechts vergessen. Warum er allerdings allein ins Büro zurückgekehrt ist, kann ich dir nicht sagen.«

»Du warst schon wieder an der Uni?!«

»Natürlich. Irgendwas geht da vor sich. Ich habe wieder versteckte Kameras in unserem Büro angebracht. Damit wir eruieren können, wer die anderen Kameras zerstört hat, hab ich wieder welche im Flur angebracht. Wie gestern.«

»Ich nehme an, Herr Turunen weiß davon nichts.«

»Wenn ich ihn mit Ergebnissen erfreuen kann, wird er weniger über die Rechtmäßigkeit der Aufnahmen meckern, als wenn ich es ihm vorher sage«, entgegnete Ragna, ehe sie sich mit Forge auf dem Sofa niederließ.

»Du hast das alles in der Zeit geschafft, als ich weg war?!«

»Na ja, ich hab langsam mehr Übung im Versteckte-Kameras-mit-Bewegungsmelder-installieren als mir lieb ist.«

Nun nahm Forge wieder ihre Hände in seine. »Bevor wieder irgendwas unterbricht: Ich liebe dich!«

Ihre Reaktion bestand daraus, ihn an sich zu ziehen und zu küssen. »Ich liebe dich auch!«

Beide grinsten sich an und dann verschmolzen ihre Münder wieder zu einer Einheit, sodass sich ihre Verdauungsapparate zu einem langen Gastrointestinaltrakt vereinigten.

»Ich weiß, es ist angesichts der Gerüchte vielleicht etwas blöd, aber ich will deswegen nicht auf die Chance verzichten, mit dir zusammen zu sein«, murmelte Forge bei der kurzen Unterbrechung ihrer Mundgymnastik.

»Wie mir erst kürzlich jemand ins Gedächtnis gerufen hat: was wir im Privaten machen, geht niemanden was an.«

»Ich nehme an, das ist ein Ja.«

Ragna küsste ihn und flüsterte: »Es ist sogar ein Verdammt-nochmal-Ja!«

Langsam gingen die Finger ihrer rechten Hand die Knopfleiste seiner Weste entlang, während sich auf ihrem Gesicht ein verwegenes Grinsen breitmachte.

»Es mag etwas unkonventionell sein, aber Forge, wir sollten das Ganze in Schlafzimmer verlegen.«

»Du hast immer noch eine Gehirnerschütterung.«

»Ist mir bekannt, aber verdammt! Schon seitdem deine zwei besten Freunde dich Halloween dazu gebracht haben, Tequila aus meinem Bauchnabel zu trinken, wollte ich dich vernaschen. Du kannst mich doch nicht noch länger warten lassen nur wegen so einer blöden Gehirnerschütterung.«

»Du denkst daran erst seit Halloween?! Erinnerst du dich an den Vortrag, den ich zwei Wochen vorher bei der Polizei gehalten habe?! Du hast meine Krawatte gerichtet und beim Blick in deine Augen wusste ich, dass ich dich liebe. Und als mein Blick auf deinen Ausschnitt runterglitt, hätte ich dich am liebsten sofort an der Wand des Seminarraums genagelt.«

146

»Ui, Forge«, quietschte Ragna vergnügt.

»Und wenn wir schon seit Monaten darauf warten, können wir das auch noch ein paar Tage durchhalten.«

Sie seufzte und gab ihm einen Kuss auf die Wange. »Dann sag mir, was Stellan von dir wollte.«

Forge umarmte sie und schüttelt den Kopf. »Aber ich kann dir so viel verraten, dass ich jetzt weiß, dass ich weder auf ihn noch auf Dr. Malpighi eifersüchtig sein muss.«

»Du wusstest das von den beiden nicht?! Ich habe ihm doch gesagt, dass du kein homophober Arsch bist.«

Hidden Track

Dienstag, 21. April 2020, 09:33

Müde streckte sich Ragna in ihrem großen, schwarzen Metallbett, als ihr jemand zärtlich die blanke Schulter küsste und sie von hinten umarmte.

»Hast du gut geschlafen?«

»Du meinst, wenn du mich gelassen hättest.«

»Ach komm schon, Forge! Es ist nicht so, dass ich dich lange von deinen Bedenken wegen meiner Gehirnerschütterung abbringen musste«, kicherte sie, während sie sein Lächeln spürte, als er ihre Schulter weiter liebkoste und sie unter der dunkelroten Bettwäsche an sich zog.

»Und ich muss sagen: Respekt! Ich hätte nicht gedacht, dass du in deinem Alter noch so … vital bist.«

»Ich bin nur sechs Jahre älter als du«, grummelte er halbherzig.

»Ich wollte nur meine Bewunderung ausdrücken, dass wir mit Ausnahme des Badezimmers jeden Raum meiner Wohnung inklusive Flur beschmutzt haben.«

Er drückte sie näher an sich und sein Brusthaar kitzelte Ragnas Rücken.

»Das Badezimmer können wir ja gleich nachholen, bevor wir uns mit Dr. Malpighi und Herrn Turunen im Institut treffen«, murmelte er, als er liebevoll an ihrem Hals knabberte.

»Vielleicht schaffen wir es ja auch vorher, noch die Kameraaufnahmen zu sichten«, ergänzte er, als seine Hand gedankenverloren ihre Kurven entlangfuhr. Mit einem leicht diabolischen Lächeln schnurrte sie.

»Ich hoffe doch nicht.«

Track 27 = Die Ritter, die sagen 3,14

Dienstag, 21. April 2020, 11:49

Gemeinsam hatten sich die Vier in einem jener Seminarräume des Instituts zusammengefunden, in denen Forge und Nario ihren Studis ihr Wissen aufdrückten. In dem kleinen, in Weiß gehaltenem Zimmer ohne Fenster befanden sich bereits zwei gigantiöse Whiteboards, die durch eine mitgebrachte Flipchart ergänzt wurden. Die minimalistischen Tische wurden zu einem U-förmigen Gebilde gestellt, welches auf das größte und zentrale Whiteboard ausgerichtet war.

Während Ragna ihren Laptop mit dem Projektor koppelte und die daheim angefertigten Tatortskizzen an dem kleineren Whiteboard aufhing, kritzelte Forge einen Zeitstrahl auf das Hauptwhiteboard und sortierte die ominösen Vorfälle der letzten Zeit minutiös ein. Synchron dazu pinnte Stellan Zeichnungen der Verdächtigten an die Flipchart und ergänzte diese mit vorhandenen Informationen. Derweil drapierte Nario die in absurd großen Plastiktüten gepackten Beweismittel an dem linken Tisch des U-Konstrukts.

»Nicht vergessen, Leute: das hier ist alles informell! Aber ich hab die Erlaubnis von meinem Chef, dass wir das einen Nachmittag tun dürfen. Sollte nichts dabei rauskommen, wird zu den Angriffen zwar weiter ermittelt, doch die anderen Vorfälle werden erstmal als unwichtige Details ad acta gelegt. Das wird mein Chef aber später entscheiden, wenn ich ihm von unseren Erkenntnissen berichte. Dafür musste ich ein paar Gefallen einfordern, wobei es natürlich auch half, dass ihr alle bei ihm einen guten Ruf habt. Besonders Forge scheint es ihm angetan zu haben.«

Daraufhin drehten sich Ragna und Nario zu Forge, welcher nur achselzuckend die Arme verschränkte.

»Gut, gut. Fangen wir doch erstmal bei den jüngsten Ereignissen an. Die SpuSi hat euer Büro bereits untersucht. Wie bei den anderen Vorfällen konnte AFIS bei den Fingerabdrücken keine Treffer finden. Zumindest können wir sagen, dass es keiner von den Angreifern war. Aber was genau habt ihr heute Vormittag dort aufgefunden, Doktor?«, erkundigte sich der Kriminalkommissar, welcher immer noch an der Flipchart stand.

»Heute Morgen haben wir die Aufnahmen der Kameras geprüft, die Valo euch gleich vorspielen wird. Darauf sieht man, wie jemand mit verdecktem Gesicht an den Kameras vor dem Büro mit einem Baseballschläger auftaucht und damit ausholt. Danach sendeten die Kameras keine Signale mehr. Vermutlich wird er die Geräte mit dem Schläger heruntergeholt haben. Im Büro selber haben die versteckten Kameras aufgenommen, wie dieselbe Person einen Zettel …«, Forge hielt das ebenfalls eingetütete Blatt Papier hoch, »… hinterlassen hat und das, was vermutlich die Reste der Kameras sind, auf Valos Schreibtisch platziert. Wir haben Ihnen direkt Bescheid gegeben und haben uns auf den Weg zum Institut gemacht.«

Stellan nickte zustimmend, während er versonnen und mit skeptischem Blick über seinen roten Bart fuhr und die eingetüteten Segmente der Kameras begutachtete.

»Die SpuSi hat keinerlei Einbruchsspuren feststellen können. Wie beim ersten Mal.«

»Der Mensch scheint einen Schlüssel zu haben«, murmelte Nario, als er sich neben Ragna niederließ.

»Guter Punkt. Wir fangen mal direkt damit an, die Infos zu den Tätern zu sammeln, die wir bis jetzt haben. Wobei wir natürlich nicht wissen, ob es sich dabei um dieselben handelt«, erläuterte Stellan, während er auf die Flipchart deutete. Dort waren neben den beiden Aggressoren vom Vortag auch der Mann im Friesennerz abgebildet sowie der Kamerazerstörer. Von Letzterem gab es allerdings keine Phantomzeichnung, da man schlichtweg nichts zu zeichnen hatte.

Zudem war eine Art Sammelbegriff mit Riesenfragezeichen abgebildet, unter denen alle Personen zusammengefasst wurden, die für die obskuren Ereignisse verantwortlich waren, aber keiner von den Anwesenden wissentlich angetroffen hatte und die theoretisch mit den vier aufgelisteten übereinstimmen könnten.

»Auf dem Zettel ist wieder dieser deformierte Penis, der durchgestrichen wurde«, merkte Nario an, als er das Papier von heute Morgen begutachtete.

»Der, den wir hier ständig sehen?!«, hakte Ragna nach.

»Ganz genau.«

»Ich hab da schon mal diverse Recherchen unternommen, um zu eruieren, was das zu bedeuten hat. Aber außer einer Unmenge an Dick Pics hab ich da nichts gefunden«, ergänzte die Gotin nachdenklich.

»Da warst du bestimmt gaaaanz traurig, oder?!«, kicherte Nario, als Stellan besagten Zettel aus seiner Hand entgegennahm und die Zeichnung eindringlich musterte. Dann blickte er auf die Flipchart, ehe er sich zu den Anwesenden umdrehte.

»Was ist, wenn es gar keinen Penis darstellen soll?!«

»Sie meinen …«

»Korrekt! Vielleicht war das Kostüm des Mannes wirklich kein Penis und es sollte doch einen Nacktmull darstellen.«

»Das könnte eine aufschlussreichere Suche ergeben. Sofern wir das Ganze eingrenzen«, gab Ragna zu bedenken.

»Moment. Ich zeichne mal einen piktographischen Nacktmull, der sich in einem durchgestrichenen Kreis befindet. Dann können wir das durch die Bildersuche jagen.«

Mit seligem Lächeln blickte Stellan auf seinen eifrig zeichnenden Gatten und murmelte: »Ach wie gut, dass ich so einen begabten Mann habe.«

Errötend blickte Nario kurz auf, während Ragna beseelt die beiden beobachtete. Im Anschluss widmete sie sich der Digitalisierung der Zeichnung, Forge studierte die eingetütete Alltagsmaske, die die rothaarige Puppe getragen hatte.

»Das ist Pi!«, stellte er fest und wedelte mit dem Beweisstück umher.

»Vielleicht sollen die zusammengebundenen Äste ebenfalls ein Pi darstellen …«, grübelte Stellan nachdenklich.

»Okay, Pi und Nacktmull könnte auch eine fruchtende Suchkombination sein. Ich würde das erstmal ganz platt damit versuchen. Also, nicht dass deine Zeichnung nicht gut ist, Nario«, raunte Ragna mit abwartendem Blick in die Runde.

»Ach Quatsch. Mach ruhig!«

Nun starrten die drei Männer jene Wand an, auf der die Bildschirmansicht von Ragnas Laptop projiziert wurde. Und tatsächlich, der erste Link schien vielversprechend zu sein. Er führte auf eine seltsame Seite, die sich in schlichtem Schwarz hielt. Die weiße Schrift minderte die Lesbarkeit des Inhaltes, was bei dem kruden Inhalt womöglich ganz gut war. Im Header befand sich groß der Schriftzug Pi-Anon, eingerahmt von einem Pi-Symbol zur rechten Seite und einem Kreis mit durchgestrichenem Nacktmull zur Linken.

Gebannt starrten die Anwesenden auf die Website, klickten sich mit verwirrten Gesichtern durch das Menü, bis Stellan versuchte, den Inhalt der Seite in wenigen Worten herunterzubrechen.

»Sehe ich das richtig: Diese Pi-Anons denken, dass ein hochrangiges Mitglied der US-Regierung unter dem Kürzel 3.14 irgendwelche wichtigen Informationen auf 3.14chan.org postet?! Natürlich in kryptischen Erzählungen, in die man alles Mögliche reininterpretieren kann. Und dieser 3.14, der ja angeblich ein hohes Tier ist, wird nicht irgendwie von der NSA oder was auch immer gestoppt, obwohl er so brandheiße Infos in Nostradamus-Style in die Welt hinausposaunt?! Und das, obwohl nur ein kleiner Personenkreis überhaupt Infos zu diesen angeblich streng geheimen Informationen haben müsste und die Ermittlung des Urhebers keine Raketenwissenschaft darstellen würde.«

Die anderen drei nickten zustimmend, aber doch etwas konfus.

»Und das, was die sich in einer Art digitaler Schnitzeljagd der Verschwörungen zusammenreimen, besagt, dass die Weltgeschicke von einer pädophilen Machtelite gelenkt werden, die man – warum auch immer – als flachen Staat bezeichnet. Vielleicht weil sie auch noch Flat Earther sind?! Na ja. Und diese pädophile Machtelite hat eine Vorliebe für Nacktmulle, weil diese in Kolonien leben und von einer mächtigen Königin gesteuert werden, die alle unterjocht. Warum auch immer das jetzt eine erstrebenswerte Assoziation ist. Und vielleicht fährt die angebliche Machtelite auch auf Nacktmulle ab, weil sie aussehen wie Penisse mit Zähnen?!«

Wieder nickten die anderen drei, ehe Stellan fortfuhr: »Und sie entführen Kinder, um sie in unterirdischen Bauten, welche denen der Nacktmulle nachempfunden sind, zu foltern, um aus ihnen eine Substanz zu gewinnen, die sie angeblich jünger macht, aber eigentlich ganz leicht synthetisch hergestellt werden kann. Ach ja! An den Kindern vergehen sie sich natürlich auch, weil sie ja pädophil sind. Korrekt?«

»Exakt. Und weil diese Pi-Anons so edelmütig sind, wollen sie natürlich den flachen Staat stürzen«, ergänzte Forge trocken und lehnte sich stehend an den Tisch.

»Okay, das sollten wir im Hinterkopf behalten. Das könnte relevant sein«, murmelte Stellan, während er auf der Flipchart ein paar Notizen zu Pi-Anon schrieb.

»Wir sollten aber auch nicht vergessen, dass diese Nachrichten von 3.14 aus irgendeinem Grund immer 3.14^2-Tröpfchen genannt werden«, grinste Ragna hämisch.

»Warum nehmen die eigentlich 3.14?!«, sinnierte Nario, ehe Forge lakonisch antwortete: »Pi ist eine irrationale Zahl, genauso wie deren krude Verschwörungsgedanken irrational sind.«

Nach einem kurzen Lachen der Runde räusperte sich der Gerichtsmediziner. »Es tut mir übrigens leid, dass sagen zu müssen, aber … Na ja, Cosmo hat ein Pi-Tattoo am Handgelenk. Ich weiß, unsere Königin der Finsternis und ich kommen gut mit ihm klar und ich kann mir auch nicht vorstellen, dass Cosmo mit solchen Gewalttaten zu tun hat, aber … Ragna? Dr. Forge? Warum schaut ihr euch so an?!«

»Nun, gestern hatte Mr. Wakefield Valo aufgesucht und ist handgreiflich geworden. Ich kam dazu, als ihr Kreislauf sie gerade daran gehindert hatte, sich zur Wehr zu setzen. Und als er dann trotzdem nicht aufhörte, hab ich ihm eine gelangt.«

»Spiel das nicht so runter! Er hat dich angegriffen und ihr habt euch geprügelt. Wärst du nicht so nachsichtig mit ihm gewesen, hättest du ihn matschig klopfen können.«

Nun starrten Stellan und Nario die beiden für einen Moment schweigend an.

»Und ich dachte, du hättest die Fissuren im Gesicht von Masken-Johnny …«, sinnierte der Gerichtsmediziner nachdenklich. »Habt ihr schon Anzeige erstattet?«

Synchron schüttelten die Befragten den Kopf. »Wir haben meine Kratzer fachgemäß dokumentiert, sind uns noch unsicher, ob wir dem Bub die Zukunft ruinieren sollen. Wenn er wegen Körperverletzung vorbestraft ist, kann er eine Karriere im Strafrecht vergessen.

Wir sind uns einig, dass das durchaus ein untypisches Verhalten für Mr. Wakefield ist.

In Anbetracht seines angespannten Privatlebens und der allgemeinen Notsituation hielten wir es für das Beste, darüber nochmal nachzudenken.«

In Stellans Gesicht blitzte ein kurzes Lächeln auf. »Sie haben ja wirklich eine weiche Seite, Doktor.«

Daraufhin verzog Forge angewidert das Gesicht.

»Lasst uns erstmal diese Baustelle bewältigen, Jungs«, erinnerte Ragna an den eigentlichen Anlass ihrer Zusammenkunft.

»Sehr wohl, Mylady. Also, wie wir sehen, sind die ersten ominösen Vorfälle Mitte März zum Beginn des Lockdowns zu vermerken. Wir können davon ausgehen, dass alle diese Vorfälle zusammenhängen, weil sie einen Bezug zu bekannten Horrorfilmen haben«, berichtete Forge, während er unter jedem Ereignis den dazugehörigen Film hinzufügte.

»Die von Valo gefundenen Masken lehnen sich zum einen an *Halloween* und zum anderen an *Scream* an. Die wie Freddy Krueger angezogene Leiche gehört zu *Nightmare On Elm Street*. Valos Angriff durch den Friesennerzmann, der rote Ballon und das Papierschiff deuten auf *Es* hin. Die rote Flüssigkeit aus dem Aufzug gehört zu Kubricks *Shining*, ebenso wie Masken-Johnny und die Zwillinge. Die rote Flüssigkeit aus den Wassersprenklern wird sich wohl auf die Blutdusche in *Carrie* beziehen. Dr. Malpighis Beobachtungen mit dem Schatten könnte auf *Dracula* hindeuten. Nicht zu vergessen die komischen Andeutungen unter der Dusche, die auf *Psycho* hinweisen. Dann haben wir noch das *Blairwitch*-Klimbim von gestern sowie die zwei dämlichen Puppen, die auf *Saw* und *Chucky* Bezug nehmen. Habe ich was vergessen?!«

Daraufhin folgte ein kollektives Kopfschütteln, bevor Ragna hinzufügte: »Es handelt sich um mindestens zwei Personen. Männer. Mit der Präferenz für popkulturelle Anspielungen bezüglich Horrorfilmen, vermutlich zwischen circa 18 Jahren bis Anfang 30. Die Zielgruppe des Genres sind 14- bis 29-Jährige männlichen Geschlechts. In Anbetracht des universitären Kontexts sind Teenager nicht ausge-schlossen, aber unwahrscheinlich.«

»Und sie werden sich hier im Institut auskennen«, ergänzte Forge. »Das legt zumindest ihr Vor- und Nachtatverhalten nahe. Die Planungen der Taten sowie die gelingende Flucht wäre nie möglich ohne Tatort-kenntnisse.«

»Ich sag es nur ungern, aber es deutet mehr und mehr daraufhin, dass Cosmo was damit zu tun hat«, murmelte Nario betrübt.

»Angenommen, Herr Wakefield ist darin involviert: Wieso benutzt er keine Handschuhe?! Ich meine, er müsste es doch besser wissen.«

»Ich erkenne Cosmo nicht wieder«, seufzte Nario.

»Dito. Und so seltsam er sich auch im Moment verhält, so hätte er bis zu der Prügelei mit Forge keinen Grund, mich anzugreifen. Bis dahin war er nicht sauer auf mich … Wobei … Er könnte involviert gewesen sein, aber nicht gewollt haben, dass mir was passiert.«

»Aber er hat es in Kauf genommen. Er weiß, dass wir gelegentlich zu den unmöglichsten Zeiten im Büro sind und dass wir einer der wenigen sind, die nicht chronisch im Homeoffice mental verwesen.«

Beim Gedanken an Cosmo verzog sich Forges Antlitz in deutlicher Missbilligung, die in dem Moment, wo Ragna seine Hand nahm, verschwunden war und sich in ein besorgtes Lächeln ihr gegenüber transformierte.

Stellan, welcher sich mal wieder nachdenklich durch den prächtigen Bart fuhr, räusperte sich mit einem gezielten Blick auf den Laptop. »Lasst uns mal die Videos anschauen.«

Einstimmig platzierten sich alle so, dass ihr Blick mühelos auf die Projektion des Beamers gerichtet war, als Ragna die Aufnahmen von ihrem Laptop abspielte.

Man sah, wie frühmorgens ein dunkel gewandeter Mensch durch die Flure der Gerichtsmedizin schlich, sich mit einem Schlüssel Zugang zu Narios Büro verschaffte und die Konstruktion unter Zuhilfenahme eines Marlene Dietrichs in der Schublade verschwinden ließ. Alles geschah in Finsternis, sodass nur die Umrisse der Person zu erkennen waren.

Zeitgleich war auf den Aufnahmen von der sechsten Etage zu sehen, wie ein ebenfalls dunkel gekleideter Mensch mit Baseballschläger durch die Flure ging. Dieser war vermummt, vermutlich, weil dort die Lichter durch einen Bewegungsmelder aktiviert wurden und gegebenenfalls eine unerkannte Flucht vor einen Wachmann garantiert werden musste. Diese Gestalt war aufgrund der Statur eher als Mann zu identifizieren, während beim Kellerschleicher keine geschlechtliche Tendenz zu erkennen war. Bevor das Video endete, erkannte man nur, wie die Person mit dem Baseballschläger ausholte und dieser auf die Kameras zu schnellte.

Die Aufnahmen im Büro zeigten, wie sich der Mensch ohne erkenntliche Mühen durch die Tür begab und die Überreste der zerstörten Geräte sowie den mitgebrachten Zettel auf Ragnas Schreibtisch platzierte.

»Hat noch jemand außer ihr einen Schlüssel zu den Räumlichkeiten?«, erkundigte sich Stellan, während er abermals nachdenklich seinen roten Bart streichelte. Die anderen Drei schüttelten ihren Kopf.

»So leicht sind diese Spezialschlüssel nicht nachzumachen. Sie müssen immer von Lambert, dem Sekretär, dementsprechend umprogrammiert werden«, meinte Forge mit gerunzelter Stirn.

»Wir müssen ihn mal fragen. Wenn er da was gemacht hat, dann sicherlich nicht für einen Fremden.«

»Könnte er was damit zu tun haben, Nario?«

»Seiner Statur nach kann er nicht die Person auf den Videos oder einer der Angreifer sein. Der Mann ist ein übergewichtiger Hüne. Wenn der um die Ecke geht, sieht man erst seine Plauze. Ich kann es nicht komplett ausschließen, dass Lambert darin verwickelt ist, aber er geht nächstes Jahr in die wohlverdiente Rente. Ich kann mir nicht vorstellen, dass er das aufs Spiel setzen würde.«

»Bis auf die Verfügbarkeit der Schlüssel macht ihn bis dato nichts verdächtig«, ergänzte Ragna, während sie die Flipchart musterte.

»Da wären wir wieder bei Wakefield. Ist es möglich, dass er beim Sekretär vorgegeben hat, in eurem Auftrag die Schlüssel nachzumachen?« Stellan schaute die anderen Drei fragend an.

»Durchaus. Zumindest was Valo und mich betrifft. Schließlich ist er unsere SHK«, murrte Forge sichtlich verärgert.

»Es führt wohl nichts drum herum, dass ich mir den jungen Mann mal vorknöpfte. Allerdings … wie ihr wisst, ist unser Zusammentreffen inoffiziell und ich bin mit diesen Vorfällen nicht beauftragt. Daher sollten wir einen Vorwand finden, mit ihm darüber zu sprechen.«

»Na ja, du bist besorgt um deinen Mann und um mich. Da Cosmo hier sowieso ständig rumlungert, kannst du ihm doch sagen, dass du ganz inoffiziell mal bei ihm abklopfen willst, ob ihm was Verdächtiges aufgefallen ist. Weil Nario dich gebeten hat, ihn so lang wie möglich aus offiziellen Ermittlungen rauszuhalten. Und dann kannst du den ermittelnden Beamten sagen, dass dir da was Komisches aufgefallen ist und sie auf ihn ansetzen«, sinnierte die Gotin.

»Könnte das funktionieren, Sternchen?«

Erneut vergrub Stellan eine Hand in seinem Bart und murmelte.

»Möglicherweise …«

Track 28 - Neuer Apfel

Dienstag, 21. April 2020, 13:33

Nachdem das Büro von Forge und Ragna von der Spurensicherung freigegeben wurde, schickte der Kriminalkommissar die beiden dorthin, um erneut Kameras zu verstecken.

»Gut, dass Stellan die SpuSi überredet hat, uns die Okolyten wiederzugeben«, meinte Ragna, während sie auf dem Regal einen geeigneten Platz suchte.

»Mich überrascht es mehr, dass er uns hier rum- wuseln lässt. Ich glaube nicht, dass Mr. Wakefield aus- gerechnet jetzt hier auftauchen wird, damit wir mit ihm zu Herr Turunen stiefeln können«, entgegnete Forge, während er wie hypnotisiert auf Ragnas Hintern starrte, der beim Verstecken der Kameras vor ihm hin und her wackelte.

Als diese schließlich seinen Blick bemerkte, lies sie sich extra Zeit mit dem Vorgehen und wackelte besonders inbrünstig mit ihrem Gesäß, ehe sie sich zu ihrem Partner umdrehte.

Der zog sie kurzerhand zu sich heran und küsste sie. In einer kurzen Unterbrechung der oxytocin- ausschüttenden Aktivitäten schloss Forge die Tür ab, bevor er sich ihr erneut zuwendete.

Eine halbe Stunde später befanden sich die zwei im Arbeitszimmer der studentischen Hilfskräfte und durchsuchten den Arbeitsplatz, an dem Cosmo zu arbeiten pflegte.

»Ich bezweifle ja, dass wir was finden, aber wenn du schon mal einen Schlüssel für das SHK-Büro hast, sollten wir das nutzen. Apropos, wieso hast du eigentlich einen Schlüssel dafür?«, erkundigte sich Ragna, während sie durch Cosmos Unterlagen blätterte.

»Falls die Studis mal ihren Schlüssel vergessen. Was sie übrigens ständig tun. Und … Vielleicht, um meine Liebste hier zu vernaschen«, grinste Forge, als sich Ragnas Blick ihm zuwandte.

»Falls ich jemals wieder auf die Idee kommen sollte, dass du prüde bist, erinnere mich hieran«, raunte sie verführerisch lächelnd, ehe sie sich quasi auf ihn stürzte.

Nach getanem Vergnügen saßen die beiden auf dem Boden des Büros und begannen damit, sich wieder ihre Kleidung anzuziehen. Kaum hatte Forge den letzten Knopf seiner Weste zugeknüpft, war das Geräusch eines Schlüssels im Türschloss zu vernehmen.

In synchroner Einigkeit sprangen sie auf und stellten sich vor den Aktenschrank, um möglichst beschäftigt auszusehen. Schließlich betrat Cosmo den Raum und starrte sichtlich verwundert auf die Anwesenden.

»Mr. Wakefield!« grummelte Forge ihn an, während er und Ragna ihre Alltagsmasken anlegten.

»Was machen Sie hier?«, fragte der junge Student mit unleserlicher Mimik.

»Ziehen Sie sich erstmal Ihr Mundhöschen an.«

Mit rollenden Augen und gewollt lautem Seufzen ging er der Aufforderung nach.

»Valo ist immer noch auf der Suche nach ihrer verschwundenen Kette«, zischte Forge, während er seine Augen zu Schlitzen zusammenpresste und ihn missbilligend anstarrte.

»Und das im Studentenbüro?! Im Aktenschrank?!«, entgegnete Cosmo mit einer ungewohnten Unsicherheit, die in seiner Stimme mitschwang.

»Ich bin eben verzweifelt. In diesen obskuren Zeiten ist nichts mehr auszuschließen«, antwortete Ragna sichtlich angespannt.

»Wenn Sie schon mal da sind, können Sie uns auch bei der Suche helfen.«

Schweigend nickte Cosmo, ehe er der Aufforderung nachkam. Schließlich flüsterte er kaum hörbar und mit fixiertem Blick auf das Regal: »Es tut mir leid.«

Konfus warfen sich Ragna und Forge Blicke zu, ehe sie wieder ihn anschauten.

»Ich habe mich am Sonntag schrecklich benommen. Dir gegenüber, Ragna, und auch Ihnen gegenüber. Eigentlich wollte ich mich gestern schon entschuldigen, aber nachdem ich von den Angriffen gehört hatte, wollte ich lieber warten.«

»Sie haben von den Angriffen gehört?!«

»Als ich gestern hier war, traf ich auf den Hausmeister. Er berichtete mir davon und wollte, dass ich wieder gehe. Die Täter würden noch frei herumlaufen.«

»Sie waren gestern hier?!«

»Ja … Meine Mutter war wieder hysterisch und ich habe es einfach nicht mehr ausgehalten.«

»Bei allem Verständnis, aber gerade kann ich deine Entschuldigung nicht annehmen. Wir haben bis dato keine Anzeige erstattet und ob wir es tun werden, wissen wir noch nicht. Mehr will ich dir nach dieser Aktion nicht entgegenkommen.«

Cosmo nickte mit gesenktem Haupt und lautem Seufzen.

»Sie waren die Tage öfter hier. Vielleicht haben Sie etwas gesehen, was der Polizei bei der Ergreifung der Täter nützlich wäre.«

»Ich glaube nicht, dass …«

»Das ist das Mindeste, was Sie für uns tun können. Sie können ja erst mit Herrn Turunen sprechen. Der ermittelt nicht in dem Fall und kann Ihnen sagen, ob es sinnig ist, das der Polizei mitzuteilen.«

»Er hat Recht.«

»Na ja …«

»Kommen Sie! Herr Turunen ist gerade in der Gerichtsmedizin. Dann können Sie das direkt hinter sich bringen.«

Forge drängte Cosmo geradezu aus dem Büro.

»Aber … Aber …«

»Komm schon, Cosmo. Du sagst, dass dir dein Ausraster von Sonntag leidtut. Und dass wir angegriffen wurden. Tu uns wenigstens den Gefallen und rede mit Stellan«, ergänzte Ragna, ehe der Student resignierend zustimmte und mit den beiden Richtung Foyer ging.

Vor dem Aufzug zückte er sein Smartphone. »Aber in spätestens einer halben Stunde sollte ich nach meiner Mutter sehen. Ich hoffe, sie hat sich bis dahin beruhigt.«

»Das wird sich sicherlich machen lassen. Oh, ist das das neue Apfel-Gerät?! Da ist ja so viel Gewese drum. Darf ich mir das mal anschauen?«

»Aber du hasst Apfel.«

»Ich weiß, ich weiß. Aber ich will ja offen für alles bleiben«, entgegnete Ragna mit einem Lächeln, ehe Cosmo ihr achselzuckend sein Handy übergab.

»Sie sollten im Moment wirklich aufpassen. Hier allein rumzulaufen … Wenn wir schon angegriffen werden, sind Sie auch in Gefahr.«

Cosmo blickte zu dem hochgewachsenen Mann auf und runzelte die Stirn. »Warum waren Sie überhaupt da?! Sie und Ragna haben doch Urlaub.«

Gerade als Forge antworten wollte, drückte die Gotin Cosmo sein Smartphone wieder in die Hand. »Nein, ich glaube nicht, dass mich Apfel jemals überzeugen kann.«

Noch bevor weitere Worte gewechselt werden konnten, öffnete sich mit einem Pling die Tür zum Fahrstuhl und die drei traten ein.

Track 29 – Toiletteneskorte

Dienstag, 21. April 2020, 14:49

Inzwischen befand sich Cosmo mit Stellan im Büro des Gerichtsmediziners. Trotz der Kellerlage von Narios Arbeitsstube ermöglichte die Hanglage des Gebäudes eine akzeptable Aussicht auf die umliegende Botanik. Direkt an diesem Fenster stand Narios massiver Schreibtisch, der schräg im Raum positioniert war und damit einen direkten Blick auf die Tür bot. In den nicht minder massiven Regalen befanden sich Unmengen an Fachliteratur, wobei sich gelegentlich ein in Formaldehyd eingelegtes Präparat dazwischen gemogelt hatte.

Während sich Cosmo auf dem Besucherstuhl vor dem Schreibtisch niedergelassen hatte, saß Stellan in dem absurd bequemen Schreibtischstuhl, der mehr zum Nickerchen einlud als zum Arbeiten.

Mit versteinerter Miene schüttelte der Student stets den Kopf und entgegnete, dass er nichts Ungewöhnliches in den letzten Tagen bemerkt habe. Außer, dass er hin und wieder einen durchgestrichenen, schlecht gezeichneten Penis irgendwo gesehen habe, sei ihm nichts aufgefallen. Und selbst den hatte er bereits Mitte März das erste Mal erblickt.

Doch Stellan ließ nicht locker, zog die Columbo-Nummer des schusseligen, aber liebenswerten Ermittlers ab, und bohrte weiter. »Herr Wakefield, also, ich weiß, wir … ähm … unterhalten uns sonst nicht. Aber ich danke Ihnen, ich danke Ihnen wirklich für

Ihre Bereitschaft, mit mir zu reden. Und nur damit ich das korrekt verstanden habe: Sie haben niemanden außer Ragna und Dr. Forge hier in letzter Zeit gesehen, ja?!«

»Nur die beiden.«

Ihm war durchaus bewusst, dass Cosmo log und keine Informationen von sich aus preisgeben würde, aber er konnte sich aus seinem Verhalten Hinweise erschließen. Also wollte er ihn noch etwas ausquetschen.

»Sie sind sich also wirklich, wirklich sicher?! Auch nicht im umliegenden Gelände?«

»Niemanden.«

»Wissen Sie, das ist komisch. Nario berichtete mir, Sie vor Kurzem am Eingang des Instituts getroffen zu haben.«

»Oh, natürlich. Sie haben Recht. Das habe ich total vergessen. Ja, das stimmt.«

Nun vibrierte Cosmos Mobiltelefon, woraufhin er sich entschuldigend dessen Bildschirm zuwandte, um schließlich zu murmeln: »Das ist meine Mutter. Ihr geht es nicht gut. Brauchen Sie mich noch?«

Schweigend schüttelte Stellan das Haupt, als er synchron aus seiner Hosentasche ein Kärtchen zog und dem Studenten überreichte. »Falls Ihnen noch etwas einfällt, melden Sie sich bitte. Ich kann Ihnen nur raten, dass Sie sich wirklich vom Institut fernhalten, bis wir die Täter gefasst haben.«

»Ja, ich weiß. Der Angriff auf Ragna, Dr. Malpighi und Dr. Forge hat mich nachdenklich gestimmt.«

»Woher wissen Sie von dem Angriff?«

»Ragna hat es mir gestern verraten«, entgegnete Cosmo, ehe er sich ein Lächeln abpresste und das Büro verließ.

Daraufhin begab sich Stellan in den Aufenthaltsraum der Gerichtsmedizin, wo Nario und Ragna am Tisch saßen und sich Kaffee einverleibten. Forge stand an der Küchenzeile und schenkte sich gerade nach, als sich der Kriminalkommissar seufzend zu ihnen setzte.

»Er weiß angeblich von nichts. Aber Ragna, du hättest nichts über den Angriff sagen sollen. Also, zumindest niemandem von hier.«

Mit gekräuselten Augenbrauen schaute die Gotin ihn an.

»Ich habe ihm nichts gesagt. Seit des Vorfalls am Sonntag hab ich weder digital, noch analog mit ihm gesprochen. Geschweige denn, dass ich ihm was von dem Angriff gesagt hab.«

Während Forge eine Tasse neben Stellan stellte, starrte er sie an.

»Das ist es! Ich wusste, dass er lügt! Das ist ein valider Anlass zu ermitteln! Selbst wenn er diese Info von einer anderen Stelle hat, wieso lügt er dann und behauptet, er hätte diese von Ragna?! Ich sag sofort meinen Kollegen Bescheid – Moment, wo ist der Doktor?!«

Nario und Ragna blickten sich um.

»WTF?! Wie konnte er aus dem Raum schlüpfen, ohne dass wir das bemerkt haben?!«, stammelte der Gerichtsmediziner.

»Und wieso?!«, ergänzte dessen Gemahl.

»Er ist immer noch sauer auf Cosmo …«, raunte Ragna, indes sie auf ihrem Streichelphone hin und her wischte, bis die Geräte ihrer Freunde klingelten.

»Ich habe eben heimlich auf Cosmos Handy eine Tracking App installiert. Wenn Forge ihm folgt – und das wird er –, dann werden wir ihn hiermit finden.

Ihr habt nun den Link dazu«, erläuterte die Gotin, während sie sich vom Tisch erhob.

»Du hast doch nicht vor, jetzt Dr. Forge hinterher zu hechten?! Das ist Sternchens Job!«

»Oh, ich weiß. Ich wollte nur kurz auf die Toilette. Wollt ihr mich eskortieren oder darf ich allein gehen?!«, grummelte sie mit verkniffenem Blick, ehe auch sie den Pausenraum verließ.

Track 30 – Die Krone des Schwurbelkaisers ist aus Aluminium

Dienstag, 21. April 2020, 15:19

Forge presste seine Augen schmerzerfüllt zusammen und versuchte zu begreifen, was gerade passiert war.

Nachdem er sich an Cosmos Fersen geheftet hatte, ging er ihm aus dem Gebäude heraus über einen unscheinbaren Trampelpfad bis zum Audimax im Zentrum des monströs großen Campus nach. Er hatte ihn verfolgt, wie er durch eine offengelassene Seitentür in das Gebäude hineinschlüpfte und es ihm gleichgetan. Forge hatte ihn für einen kurzen Moment aus den Augen verloren und nun entsann er sich eines Schlages auf den Hinterkopf und wie ihm schwarz vor Augen wurde.

Als er wieder erwachte, befand er sich in einem großen, aber mit Gerümpel zugestellten Raum. Die einzige funktionierende Lichtquelle baumelte in Form einer Glühbirne von der Decke direkt über ihm. Um ihn herum erkannte er nur schemenhaft die Konturen einiger Gegenstände und Kartons. Was er nicht zu sehen brauchte, um zu wissen, dass es da war, war Staub. Viel Staub. So viel Staub, dass es selbst einem Nicht-Allergiker wie ihm in der Nase kitzelte. Leider konnte er sich nicht daran kratzen oder in den Ellenbogen niesen, denn er stellte fest, dass er mit

Kabelbindern an einen ranzigen, aber erstaunlich soliden Holzstuhl fixiert war. Dadurch konnte er sich nicht signifikant bewegen und besagte Kabelbinder vergruben sich in ihm, wenn er beim Niesen mit dem Leib zusammenzuckte.

Mit noch verschwommenem Blick nahm er schließlich eine Gestalt wahr, die vor ihm auf und ablief.

»Ich hätte gedacht, dass man mehr braucht, um Sie niederzuknüppeln.«

Es war eine gewisse Schadenfreude in der Stimme zu vernehmen. Mit dröhnendem Haupt und zusammengepressten Zähnen zischte Forge:

»Was haben Sie gedacht? Dass ich einen außergewöhnlich robusten Hinterkopf habe, Mr. Wakefield?«

Cosmo zuckte mit den Achseln und setzte ein garstiges Grinsen auf. »Vielleicht.«

Forge versuchte, seinen Körper etwas zurechtzurücken; die Position, in der er gefesselt worden war, war nicht sonderlich bequem. Zudem wollte er nicht erbärmlich wie ein Shrimp zusammengerollt vor dem Studenten kauern.

»Und Ihre Handlanger? Sie können sich ruhig aus dem Schatten trauen. Ich bin gefesselt und kann ohnehin niemanden von Ihnen zur Rechenschaft ziehen.«

Nachdem Cosmo nickte, wagten sich tatsächlich sechs Männer hinter den Kartons und aus der Dunkelheit hervor. Aufgrund des limitierten Lichts konnte Forge die anderen Personen nur schwer erkennen, jedoch kam ihm keiner dieser Männer bekannt vor. Allerdings stellte er fest, dass zwei der Anwesenden Hämatome und andere Fissuren im

Gesicht aufwiesen.

»Also … Sie gehören zu Pi-Anon.«

»Oh, wie schön! Haben Sie es endlich herausgefunden.«

»Nun, vielleicht wären wir eher draufgekommen, wenn Ihr Nacktmull nicht so aussähe wie ein schlechtgezeichneter Penis.«

»Lachen Sie nur, Dr. Forge. Sie und all die anderen Schlafschafe werden sich noch wundern, wenn die neue Weltordnung kommt.«

»Sollte das wirklich eintreten, würde ich mich wirklich sehr wundern.«

»Sie sollten nicht alles unhinterfragt hinnehmen, Dr. Forge«, zischte Cosmo, woraufhin sein Chef ein kurzes Lachen ausstieß.

»Guter Stichpunkt! Irgendein Mensch behauptet im Internet, dass er oder sie ein hohes Tier der US-Regierung ist und das wird nicht hinterfragt?!«

»Natürlich wurde das hinterfragt. Aber die Argumentation war einfach zu schlüssig!«

»Die Argumentation soll schlüssig gewesen sein?! Dass eine angebliche Machtelite Kinder quält für eine Substanz, die man synthetisch hergestellt online erwerben kann, soll schlüssig sein?! Oder dass diese Machtelite ein Faible für penisartige Nagetiere hat, die nicht an Krebs erkranken können?! DAS soll schlüssig sein?!«

»Ist das nicht offensichtlich?!«

»Offenbar nicht. Erklären Sie es mir, Mr. Wakefield. Was ist die logische Argumentation dahinter?«

»Ich werde bestimmt nicht meine Zeit damit verschwenden, Sie aufzuklären.«

»Aber ist es nicht das, was Pi-Anons wollen?! Schlafschafe wie mich aus ihrer Unwissenheit zu befreien?! Leute auf Ihre Seite zu ziehen?!«

Forge starrte Cosmo trotz des stechenden Schmerzes in seinem Kopf an, als ob er seine Seele sezieren würde. Oder als ob er besagte Seele mit dem Blick aufsaugen würde wie ein mentaler Blutegel. Also wie sein genervter Standardgesichtsausdruck.

»Dann verraten Sie mir doch wenigstens eins: eine Person, die so ein brisantes Wissen hat, ein Wissen, das nach eigener Aussage nur wenige, hohe Regierungstiere haben, wistleblowt seit Jahren diese Geheimnisse und wird nicht geschnappt?! Als ob es für CIA, FBI oder was auch immer nicht ein Leichtes wäre, den Ursprung zu eruieren und außer Gefecht zu setzen. Wie schwer soll es denn sein jemanden zu finden, der nur mit wenigen Anderen dieses Wissen besitzt?«

»Ein so hohes Tier kann nicht so einfach zu Fall gebracht werden.«

»Das glauben Sie doch selbst nicht! Und selbst wenn dem so wäre, weshalb werden diese Informationen nicht deutlich und unmissverständlich artikuliert, damit der flache Staat gestürzt werden kann und die Kinder aus ihren unterirdischen Gefängnissen befreit werden können?! So zettelt man keine neue Weltordnung an.«

»Was wissen Sie schon davon, wie man eine neue Weltordnung installiert?! Sie in Ihrem kleingeistigen Schlafschafgehirn haben nicht den Intellekt, das zu verstehen.«

»Das wird's wohl sein … Aber jetzt mal ernsthaft: es wird von 3.14^2-Tröpfchen gesprochen. Pi hoch zwei. Pi. Pi. PIPI!

Also bitte, wenn da nicht jemand den Schalk im Nacken hatte und Verschwörungsfans verhohnepiepeln wollte.«

Cosmo schnaubte vor Wut, ballte seine Hände zu Fäusten und drosch auf Forge ein, als hätte er damit verhindern können, dass dessen Argumente keiner logischen Deduktion zugrunde lagen.

Plötzlich wurde die Aufmerksamkeit der Anwesenden auf ein lautes Klirren am anderen Ende des Raumes gelenkt.

Mit einem Kopfnicken signalisierte der Student seinen Gefolgsmenschen, dass gefälligst einer nachzusehen hatte, damit er auf Forge eintreten konnte. Als nach einer Minute der ausgeschwärmte Mann nicht zurückkehrte, schickte er zwei weitere los und blieb mit den übrigen drei Männern bei Forge.

Schweigend und mit verschränkten Armen wartete Cosmo, bis er sie rufen hörte: »Jemand hat Michael niedergeschlagen.«

Kaum waren diese Worte gefallen, sprang Ragna hinter gestapelten Kartons hervor und kickte einen Angreifer in die Klötze, während der andere versuchte, sie zu überwältigen. Letztendlich hatte sie keine Chance gegen die Überzahl der Aggressoren und landete anschließend an einen Stuhl gefesselt neben Forge, der zuvor noch vergebens versucht hatte, die Männer irgendwie von seiner Freundin abzulenken.

Nun saßen sie Rücken an Rücken, konnten sich zumindest mit den Köpfen zueinander drehen, um wenigstens einen eingeschränkten Blick auf den Anderen zu haben.

Ragna hatte es eindeutig erwischt; die Männer waren nicht zimperlich mit ihr gewesen. Vermutlich auch, weil zwei von ihnen sich wegen der kürzlichen Gegenwehr rächen wollten.

Sie atmete schwer und wandte sich an Forge, der sie besorgt fragte, ob sie den Umständen entsprechend wohlauf sei. Nur ein leises »Gorch …« bekam sie heraus, während sie sich noch sammelte und versuchte, nicht dem Schwindel zu erliegen.

Daraufhin starrten sich die Männer verwundert an, ehe einer von ihnen das Wort wiederholte: »Gorch?!«

»So heiße ich nun mal«, meinte Forge lakonisch, ehe Gelächter ausbrach und Cosmo diabolisch grinsend meinte: »Gorch?! Gorch Forge?! Dr. Gorch Forge aus Forchheim?!«

Nun brach wieder kollektive Erheiterung unter den Pi-Anons aus.

»Sie arbeiten seit Jahren für mich. Sie haben sogar eines meiner Seminare besucht und kennen meinen Vornamen nicht?! Das erklärt natürlich, warum Sie so umnachtet einer solch kruden Verschwörungstheorie nachhängen.«

Verächtlich schnaubend trat Cosmo Forge ans Schienbein, bevor er mit erhobenem Haupt und selbstgefälligen Grinsen auf die Gotin zu ging.

»Wie hast du uns eigentlich gefunden, Ragna?! Jungs, habt ihr Dr. Forge das Handy abgenommen? Und auch das von ihr? Nicht, dass jemand sie ortet.«

Fast ehrfürchtig überreichte einer der Männer das prähistorische Nokiahandy von Forge sowie Valos Smartphone. Zunächst nahm Cosmo den Apparat seiner Chefin, warf ihn zu Boden und zertrat ihn mit zahlreichen, kräftigen Tritten.

»Das wollte ich schon immer mal tun.«

Als er diese Prozedur mit Forges Gerätschaft wiederholen wollte, bekam diese nicht einmal einen Kratzer. Stattdessen war der Winkel einer seiner Stampfer so ungünstig, dass es unter Cosmos Fuß wegflutschte und einem seiner Handlanger mit Schwung ins Gemächt donnerte.

Daraufhin lachten die Gefesselten und selbst die anderen Männer konnten sich ein Kichern nicht verkneifen. Cosmos epische Schimpftirade gegen seine Untergebenen ließ deren Freude allerdings rasch wieder minimieren.

Immer noch aufgebracht richtete der Student seine Aufmerksamkeit erneut auf Forge und Valo, als ihn einer der Anderen in der Hoffnung der Ablenkung darauf hinwies, dass die Gefangenen Händchen hielten. Mit zerknirschter Stimme wies Cosmo an, dass man die beide voneinander wegrücken sollte. Während man dieser Order nachging, hörte man plötzlich, wie die Tür aufgebrochen wurde und ein Aggregat bewaffneter Polizeimenschen die Situation stürmte.

»Ich wusste, dass du nicht so dumm bist und ohne Backup herkommen würdest«, lächelte Forge erleichtert.

Outro

Inzwischen war der November des episch-verstörenden Jahres 2020 ins Land gezogen. Nach einem Sommer mit Mundschutz und vielen Menschen, die gegen ebendiesen aufbegehrten oder gar Corona der nicht-vorhandenen Existenz bezichtigten, folgte eine auch durch sorglose Feierwütige induzierte zweite Welle, die sowas von absehbar war.

Ein weiterer Lockdown folgte, diesmal in der Light-Version, der – wie alle Light-Versionen – einen unappetitlichen Beigeschmack hatte und von manchen Menschen nicht vertragen wurde. Manche waren zum Beispiel Kunst- und Kulturschaffende, aber auch zahlreiche Restaurants, die vielleicht so gerade den ersten Lockdown überstanden hatten, aber denen ein weiterer zum Verhängnis werden sollte.

Trotz der angespannten Situation und des sehnsüchtigen Wartens nach dem heilsversprechenden Impfstoff, welcher Ende Oktober vollmundig angekündigt wurde, fanden sich Ragna und Forge beim Ehepaar Malpighi-Turunen ein.

Alle vier hatten vor einer halben Stunde den Gerichtssaal verlassen und sich in die Wohnung der Eheleute begeben, wo sie schließlich den Mundschutz beiseitelegen konnten und am Esstisch saßen, während der Hausherr damit begann, Getränke zu kredenzen.

»Wir haben Glück, dass trotz der chronischen Überlastung der Gerichte der Prozess gegen Herrn Wakefield und seine komischen Freunde so zügig stattgefunden hat«, meinte der Kriminalkommissar, während er sich Unmengen von Zucker in den Kaffee rührte.

»Das haben wir vermutlich deiner Reputation und deinem Verhältnis zum Gericht zu verdanken, oder?!«, erkundigte sich Forge, der Stellans schweigendes Lächeln als Antwort deutete.

»Und die von Liszt war wirklich erbost, dass sie wegen Befangenheit nicht den Prozess übernehmen durfte. Wer von euch hatte der Richterin eigentlich gesteckt, dass die von Liszt mal was mit Cosmo hatte?«, wollte Nario wissen, als er sich schließlich zu seinem Gemahl niederließ und erwartungsvoll in die Runde blickte, aber nur verdächtiges Schweigen von seinen Mitstreitern erntete.

»Zu schade, dass im Prozess nicht näher ausgeführt wurde, wie sie die ganzen Spirenzken veranstaltet hatten. Gerade bei der Imitation der Aufzugszene würde ich gerne wissen, wie die Herren das angestellt haben«, sinnierte Stellan, während er sich über seinen roten Bart strich.

»Im Großen und Ganzen hat der Staatsanwalt seine Sache gut gemacht. Cosmos Handlanger sind ja noch vergleichsweise günstig weggekommen. Nur die, die tätlich angegriffen haben, bekamen eine Haftstrafe. Ich hätte mir allerdings gewünscht, dass Cosmo mit mehr als nur Bewährung und Schmerzensgeld davongekommen wäre. Ich meine … ja, er hatte eine schwere Zeit, aber andere Studis mit dem wahnwitzigen Plan, man könne mit den Vorfällen an der Uni Wissenschaftsmenschen von der Pi-Bewegung überzeugen, damit diese ein besseres Standing in der Verschwörungsgemeinde bekommt, ist einfach nur dämlich und selbst für Verschwörungs- mythen absurd.

Ich verstehe ja, dass Menschen in solch unsicheren Zeiten nach klaren Informationen suchen, aber ich verstehe nicht, wieso das dann in solchen kruden Theorien mündet und schon gar nicht in Gewalt. Und ja, ich weiß, dass Verschwörungsfans das Gefühl von Ich-weiß-es-besser gefällt und sie sich weniger unbedeutend fühlen, aber das theoretische Wissen darüber hilft mir nicht, das auch emotional zu verstehen«, sinnierte Ragna, die von der üppigen Torte kosten wollte, die Nario nach dem alten Rezept seiner Großmutter gebacken hatte und die so süß war, dass man schon bei ihrem Anblick der Gefahr von Diabetes Typ 2 ausgesetzt war.

»Ich glaube, die Richterin wurde vor allem durch Herrn Wakefields hysterisch heulende Mutter zu so einem milden Urteil bewegt«, murmelte Stellan, ehe er sich noch mehr Zucker in seinen Kaffee rührte.

»Wenn es nach mir ginge, hätte man zumindest mal ins Gespräch bringen sollen, dass wir alle durch diese Aktion infiziert wurden. Schließlich war es bei zweien der Männer bekannt, dass sie coronös sind und in Anbetracht der Tatsache, dass keiner von ihnen die Existenz des Virus leugnete, zeigt das nicht gerade, dass ihnen die Unversehrtheit anderer auch nur ein µ wichtig ist. Gut, wir hatten alle einen milden Verlauf, aber eigentlich könnte man das durchaus als Körperverletzung auslegen. Da hätte man denen wenigstens eine längere Bewährungszeit geben können«, grummelte Forge mit verkniffenem Blick.

»Okay, ich wäre auch angepisst, wenn ich gerade frisch liiert wäre und dann die Person wegen Quarantäne einige Wochen nicht sehen darf«, lächelte Nario beschwichtigend.

Stellan fügte hinzu: »Das erklärt natürlich, warum du vorhin den Mann am Gericht, der kein Mundhöschen trug, als Pestratte beschimpft hast. Pestratten als Superspreader des Mittelalters ist eine passende Analogie.«

»Das war nicht der Grund«, meinte Forge daraufhin mit einem verschmitzten Lächeln Richtung Ragna. »Wir waren so verwegen und haben die Quarantäne komplett bei mir verbracht. Quasi als eine Art Leprakolonie für Covid-Erkrankte.« Die Gotin grinste bei dem Gedanken an diese Zeit, wo die beiden nur das taten, was frischverliebte Paare so taten.

»Oh, là, là! Aber wir haben die Quarantäne auch sehr ... sinnvoll genutzt«, kicherte Nario, während Stellan mit einem Augenzwinkern Richtung Ragna und Forge meinte: »Ich werde es auch keinem verraten.«

»Und weil ihr seit letztem Herbst ja ohnehin schon wie Kletten aneinander klebtet, habt ihr beschlossen, direkt danach zusammenzuziehen?!«, erkundigte sich der Gerichtsmediziner nun indiskret.

»Na ja, Forge ist ja auch nicht mehr der Jüngste«, frotzelte Ragna mit zwinkerndem Blick in seine Richtung.

»Mir wurde der Mietvertrag wegen Eigenbedarf gekündigt und in Valos Haus wurde gerade eine größere Wohnung frei. Da war das für uns eine logische Konsequenz.«

»Es ist erschreckend, wie pragmatisch ihr manchmal seid«, lächelte Nario.

»In einer Zeit, wo die meisten Menschen sich noch idiotischer verhalten als sonst, ist das doch herrlich erfrischend«, warf sein Gemahl ein.

»Man könnte meinen, dass die Menschheit sich nach den Erfahrungen mit der Pest und anderen Pandemien weiterentwickelt hätte. Aber nein. Genau wie damals florieren Verschwörungsideologien und natürlich sind bei den meisten die Juden schuld. Sogar diese Corona-Partys könnte man mit den Pest-Orgien vergleichen. Also irgendwie eine Uminterpretation von Memento mori zu YOLO«, grübelte Forge, nachdem er sich den ersten Bissen der Diabetes Typ 2-Torte einverleibt hatte und für einen kurzen Moment in einen Zuckerschock fiel.

»Ich hoffe, dass wenigstens wie damals in der Kunst sowas Exquisites wie der Totentanz bei rumkommt«, ergänzte Ragna mit einem beseeltem Gesicht.

Daraufhin stand Nario auf und ging beschwingten Schrittes zur nahe gelegenen Musikanlage. »Apropos Totentanz!«, sprach er fröhlich und legte mit ein paar Handgriffen das Lied *Dance Macabre* von Ghost auf. Die Gotin war augenblicklich von seiner implizierten Idee begeistert und sie sprang auf, um mit ihm zu tanzen.

Forge und Stellan warfen sich lächelnd Blicke zu, als der Kriminalkommissar raunte: »Was haben wir uns da nur angelacht?!«

Trotzdem erhoben sich die zwei Herren von den Stühlen und wandten sich tanzend ihren Partnern zu.

Obgleich der Totentanz als Kunstmotiv des Mittelalters die Menschheit mahnen soll, sich seiner Endlichkeit bewusst zu sein, so kann genau diese Botschaft manchmal hilfreich sein, sich auf die Dinge zu besinnen, die in der lebenden Gegenwart von Bedeutung sind.

Ganz gleich ob es die Umsicht ist, seine Mitmenschen nicht einer globalen Gefahr auszusetzen, den eigenen Kummer nicht in sich zu vergraben und andere von sich wegzustoßen oder einfach mit Freunden während einer Pandemie zu einem Song der Lieblingsband zu tanzen.

Ende

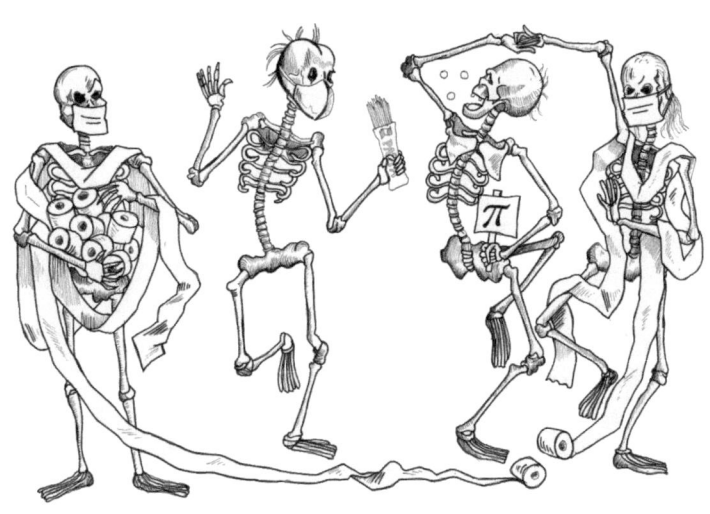

Danksagungen

Special thanks to ...

... dem Künstler *M.O.W. Richter*, der mich bei der Arbeit am Roman beraten hat, die Totentanzinfos gegencheckte, die Illustrationen zu diesem Roman beigesteuert hat, als erster Testleser fungierte und generell ein guter Freund ist.

... meiner Skurrilitätsmuse *Natascha ›Hoot‹ Herkt*, die sich meine Ideen zu diesem Projekt angehört und mich – wie so oft – inspiriert hat. Zudem steht sie mir bei Schreibfragen stets zur Seite.

... *Lars Hannig*, der sich exquisit um den Buchsatz gekümmert hat und einfach ein dufter Typ ist.

... *Sabine Lillmanntöns*, die sich famos um meine Rechtschreibung kümmert und eine tolle Frau ist

... *Ela Marwich*, die als Lektorin dem Projekt den letzten Schliff verliehen hat und einfach ein lieber Mensch ist.

... *Team Walulis*, die mir erlaubt haben, das famose Wort Mundhöschen zu benutzen. Und weil sie mich mit ihren Formaten immer gut unterhalten.

... der Band *Ghost*, die ich während des akuten Schreibprozesses rauf und runter gehört habe.

... meinen Testleser*innen.

... all den Menschen, die mit ihrem Tun dazu beigetragen haben, die Pandemie zu bewältigen; sei es in der Medizin, Pflege und denen, die in Läden und Co. die Stange gehalten haben. Aber auch all denen, die durch Abstand und Mundhöschen tragen Verantwortung und Solidarität gezeigt haben.

Obligatory thanks to …

… meinen Eltern

… meinen Brüdern

… meiner besten Freundin Stefanie

… meiner Freundin Claudia

… meiner bärtigen Hälfte

… meinem Freundeskreis

… dem Rest der buckligen Verwandtschaft